Wladimir Kaminer (Hrsg.)

# Frische Goldjungs

Storys



Manhattan by GOLDMANN

*Umwelthinweis:*
Alle bedruckten Materialien dieses Taschenbuches
sind chlorfrei und umweltschonend.

Manhattan Bücher erscheinen im Goldmann Verlag,
einem Unternehmen der Verlagsgruppe Bertelsmann GmbH

Originalausgabe Mai 2001

Umschlaggestaltung: Design Team München
Umschlagmotiv: Design Team München
Satz: Uhl + Massopust, Aalen
Druck: Elsnerdruck, Berlin
Titelnummer: 54162
AB · Herstellung: Katharina Storz/Str
Made in Germany
ISBN 3-442-54162-X
www.goldmann-verlag.de

1 3 5 7 9 10 8 6 4 2

INHALT

## VORWORT

# Wladimir Kaminer

Schon seit geraumer Zeit verbreitet sich das Gerücht in der Hauptstadt: Die junge deutsche Literatur ist irgendwo aus den Ghettos von Berlin aufgetaucht. Überall hinterlässt sie nun ihre Spuren und reizt die Journalisten. Aber sie zeigt sich gemeinerweise nie ganz. Die Journalisten durchkämmen die Stadt, rennen von einer Kellerkneipe zur anderen und versuchen, sie am Schlafittchen zu packen. Manchmal nachts, völlig unerwartet, kommt die junge deutsche Literatur aus ihrem Versteck und überrascht die Journalisten, während die schon beim fünften Bier die letzte Hoffnung aufgegeben haben. Die Berichte über diese geheimnisvollen Begegnungen sind dann oft sehr verwirrend, die Diskussionen darüber, wie die neue Literatur aussieht und wo sie sich für gewöhnlich aufhält, nehmen kein Ende: Den Leuten vom *Spiegel* kommt sie in der Kalkscheune in Mitte entgegen, denen vom *Tagesspiegel* plötzlich in einer Kneipe in Friedrichshain. Über die ganze Stadt wirft sie ihren Schatten, die junge deutsche Literatur, zeigt ihr wahres Gesicht aber nicht. Doch alle sind davon überzeugt: Die Überwindung der Ironie im Hotel Adlon war nur der Anfang. Irgendwo da draußen in den Berliner Katakomben wandert der literarische Untergrund herum, klopft an die Wände, trinkt Bier und schreit nach Verlegern. Aber er kommt nicht raus. Und die aufgeregten Leser, Kritiker, Literaturagenten, letztendlich die Verleger selbst, suchen sie auch und beißen verzweifelt in die Tischkante: Zeige dich doch, du Junge Deutsche Literatur! Bis heute war alles vergeblich. Nun ist es aber endlich so weit: Ein Mann (übrigens ich selbst) hat diese Jungs ausfindig gemacht und aus ihren Verstecken geholt, um sie dem Leser zu präsentieren – die Zukunft der deutschen Literatur, komplett versammelt und handlich zwischen zwei Buchdeckel gepackt. Wer ist denn so alles dabei, werden Sie jetzt fragen. Ach, viele. Es wäre auch sinnlos, jeden namentlich in diesem kleinen Vorwort noch einmal aufzuführen, weil die meisten ohnehin noch kaum jemand kennt. Aber einige möchte ich trotzdem erwähnen. Mich zum Beispiel. Meine Texte kommen auch in dem Buch vor, nebenbei gesagt. Und auch Geschichten der berühmten Brillenträger aus der Friedrichshainer Kneipe »Tagung«, die sich selbst »Chaussee der Enthusiasten« nennen und eine Literaturzeitschrift namens »Brillenschlange« herausgeben. Dann noch ein paar Surfpoeten aus der Liga für Kampf und Freizeit, einige Mitglieder der Reformbühne »Heim und Welt« sind auch dabei und so weiter und so fort. Mit einem Wort: Ein schönes Buch ist es. Nicht besonders dick, aber immerhin!

## VORWORT

# Jakob Hein

Die hier vertretenen Autoren gehen mir oft auf die Nerven. Ständig kritisieren sie gegenseitig ihre Texte und unverschämterweise auch meine, sitzen zusammen, trinken Bier und rauchen. Als Kind wurde man für jede Kleinigkeit gelobt: »Schön hast du dir die Schnürsenkel gebunden. Toll, wie du dir selbst die Haare kämmst.« Als Berliner vorlesender Autor lebt man ein anderes Leben. Klatscht das Publikum enthusiastisch, wird man von den Kollegen mit einem verkniffenen »Kabarett« am Tisch begrüßt, die schlimmstmögliche Kritik. Hat sich das Publikum gelangweilt, bestätigen die anderen gern, dass sie »den Text auch nicht interessant fanden«. Nur wenn man in der Kollegenrunde mit einem eisigen Schweigen begrüßt wird, jeder nur an seiner Zigarette zieht oder einen Schluck Bier trinkt, kann man ahnen, dass ihnen der Text nicht missfallen hat. 1997 soll sogar einmal jemand von anderen Autoren für einen Text gelobt worden sein. Ich halte dies aber für einen modernen Mythos wie beispielsweise die Geschichte von den verlorenen Kindern bei Ikea, denn niemand kann sagen, wo und wann sich dieses Ereignis zugetragen haben soll und auf welcher Vorlesebühne. Weitere Themen unter Autoren sind oft auch noch Eintrittspreise, Veranstaltungsorte und politische Ziele.

Daher habe ich oft von meinen Kollegen und dem ganzen Geschreibe die Schnauze voll. Ich bin am nächsten Tag müde, habe Kopfschmerzen und bekomme keinen Satz zu Stande. Bis zur Mitte der Woche sind mir wieder tausend Dinge eingefallen, über die ich unbedingt schreiben müsste, und am Wochenende werden sogar ein oder zwei Geschichten fertig. Dann komme ich zu der Überzeugung, dass ich sie unbedingt vorlesen muss und finde mich wieder auf einer der Vorlesebühnen. Wenn die Sonne zu stark scheint, gibt es allerdings ein Problem. Die Leute wollen keine Literatur in dunklen Kneipen vorgelesen bekommen. Die Autoren werden zu träge zum Schreiben und zum dynamischen Vorlesen. Manche fahren sogar in den Urlaub. Dann ist die Stimmung nicht gut und ich frage mich, warum ich mir das eigentlich antue.

In letzter Zeit musste ich aus beruflichen Gründen viele andere Literaturveranstaltungen besuchen. Hier wurde nicht gelacht, nur geklatscht. Die SchriftstellerInnen tranken Weißweinschorle und lobten ihre Texte gegenseitig über den grünen Klee. Das Publikum schaute angestrengt, es hatte eine wichtige Aufgabe. Denn die meisten Texte waren so, wie es Lichtenberg einmal beschrieben hat: »Ein Picknick, wobei der Verfasser die Worte und der Leser den Sinn stellt.« Ich stellte in einer solchen Diskussion einmal die Frage nach der Ehrlichkeit der Texte. Einen besseren Witz hätte ich nicht reißen können. Ich wurde wirklich von jedem Einzelnen im Raum ausgelacht, die SchriftstellerInnen und ZuhörerInnen kriegten sich gar nicht mehr ein. Mir war lange nichts mehr so peinlich gewesen, ich bekam einen hochroten Kopf.

Nach solchen Ausflügen weiß ich wieder ganz genau, warum ich bei den Vorlesebühnen auftrete. Und auch wenn ich damit den Rausschmiss riskiere, wollte ich sagen, dass mir jeder der hier vertretenen Autoren sehr gut oder ausgezeichnet gefällt. Jeder liest auf seine Art sehr gut vor, manche können sogar singen. Und auch wenn die Fenster manchmal schmutzig sind oder schlecht schließen, ist es doch immer noch besser, als im Dunklen zu sitzen.

## VORWORT

# Andreas Gläser

»Warum drei Vorworte?«, werden sich viele fragen. Ich entgegne: »Weshalb nicht fünf Vorworte?« Einige werden nachhaken: »Hast du denn was zu sagen?« Ich erwidere: »Was soll diese Fragerei?« Jedenfalls ist es schwer, den Verlegern zu diktieren, wie ihre Bücher auszusehen haben. Auszusehen haben sie nämlich ungefähr so wie dieses: »Frische Goldjungs«.

Ich gehöre nicht zu den staatlich geförderten Kritikerlieblingen. Wer heute als Bestsellerautor dazugehört, wird sich morgen für diese Lebenslüge rechtfertigen müssen – um mal populistisch zu pauschalieren. Im Gegensatz zu uns lesen viele Kunstpatienten nämlich nicht regelmäßig neue Geschichten für zu wenig Geld in irgendwelchen Kellergewölben vor. Stattdessen lesen sie in blöden Restaurants immer wieder irgendwas aus ihren verschrobenen Romanen. Einmal ließ ich mich von so einem Kunstpatienten nerven. Während er vorlas, erhob ich mich, um mir ein Bier zu holen. Er unterbrach seine Lesung und schaute mich vorwurfsvoll an. Hatte er überhaupt schon mal Geschlechtsverkehr? Ich ja. Vielleicht sehen es die anderen frischen Goldjungs genauso. Jedenfalls befinden wir uns auf der Überholspur! Auf dieses Buch haben alle gewartet.

VORWORT

## Jochen Schmidt

Also ich hatte auch schon mal Geschlechtsverkehr. Aber damit muss man wohl leben als Mann. Und als Andreas Gläser damals in meiner Lesung aufstand, zwei Stühle umkippte und laut nach einem Bier brüllte, da habe ich kurzzeitig an meiner Berufung zum Kunstpatienten gezweifelt. Na ja, und das ist nun dabei herausgekommen. Nicht das beste Buch aller Zeiten, aber immerhin das beste Buch der Welt.

## Ahne

Alt-68er. Im Klinikum Berlin-Buch geboren. Habe schon immer alles Unrecht Scheiße gefunden, aber war zu schwach, um es aus der Welt zu schaffen. Irgendwann, auch im Klinikum Buch, angefangen zu schreiben. Bin voll für Tariflohn und Ringelnatz.

## Wie ich mal mit meinen Gedichten die Wende mit einleitete

Meine eine Oma, nicht die Nazi-Oma, sondern die andere, sagte früher immer: »Junge, du wirst mal ein richtiger Schriftsteller. Du schreibst richtig schöne Sachen. Mach bloß weiter und lass dich nicht entmutigen.« So schenkte ich meiner Oma, die ein großer Fan poetischer Heimatlyrik war, zu jedem ihrer Geburtstage ein selbst gedichtetes Machwerk von der Art:

*Der Tag erwacht am 18. August*
*Vöglein tirilieren voller Lust*
*Süße Rosen blühen nur für dich*
*am Himmel erstrahlt ein Geburtstagslicht*

Das trug ich, bekleidet mit halbwegs sitzender Konsumhose, frisch gebügeltem Hemd sowie akkurat gezogenem Seitenscheitel, in strahlender Pose und mit der Betonung von jungen Pionieren, die Erich Honecker was aufsagen sollen, meiner Oma vor, und hatte so für immer einen Stein bei ihr im Brett. Da konnten ihre anderen Enkel noch so viele Medaillen im Sport holen, die schärfsten Geräte im Keller basteln oder die besten Zeugnisse nach Hause bringen, ich blieb ihr Liebling, der zukünftige Schriftsteller, der endlich mal wieder das Schöne betont.

Da das bei meiner Oma so gut klappte und es mir auch

leicht von der Hand ging, versuchte ich die Masche auch bei den anderen Verwandten, bemerkte aber bald, dass es sich bei diesen wohl um tumbe Bauern oder begriffsstutzige Proleten handeln musste. Kommentaren wie: »Na, das haste ja ganz prima gemacht!«, folgte unmittelbar auf dem Fuße ein: »Und kannste denn jetzt schon schwimmen?« Eine Beleidigung, sowas Profanes wie Schwimmen in einem Atemzug mit der hehren Kunst zu nennen. Ich konnte ES natürlich noch nicht, obwohl ich zusammen mit einer Behindertengruppe letzten Sommer zwei Wochen meiner kostbaren Ferien beim Schwimmtraining vergeudet hatte. Doch Tiefschläge dieser Art muss ein Künstler wegstecken können, sagte ich mir. Man muss durch die Hölle gehen, um in den Himmel zu kommen. Und Erfolgserlebnisse gab's ja schließlich auch. So kam mein Gedicht über den ersten deutschen Kosmonauten im Weltall

*Siegmund Jähn ist unser Held*
*wie er doch mit großem Tempo*
*durch das Weltenalle schnellt*

sogar zu gesellschaftlichen Ehren. Neben einem großen Bruderkussfoto von Herrn Erich Honecker und Herrn Leonid Breschnew, fand es seinen Platz an unserer Klassenwandzeitung. Jetzt konnte es eigentlich nicht mehr lange dauern, bis die ersten meiner poetischen Ergüsse in das Kulturerbe der Deutschen Demokratischen Republik eingehen würden. Doch wie das oftmals bei solch jungen, draufgängerischen, der wahren Kunst verpflichteten Himmelsstürmern ist, irgendwann gibt es plötzlich einen Knick, geraten sie an die Grenzen der gesellschaftlichen Belastbarkeit, kommen sie mit dem System in Konflikt. Bei mir ging das etwa in der Pubertät los. Ich ließ mir die Haare fettig wachsen und wurde hässlich. Aus Protest interessierten mich keine Mädchen mehr, und die Schule ging mir am Arsch vorbei. Was genau mich zu dem Schritt in diese Fundamentalopposition trieb, kann ich nicht mehr so genau nachvollziehen. War es der blöde Schotterplatzkäfig, der auf unserem Fußballrasen errichtet wurde, war es die einzige AC/DC-Platte, die in der DDR erschien, oder dass man das doofe FDJ-Hemd nicht in die Schultasche knüllen durfte? Ich weiß es nicht. Jedenfalls wurden meine Gedichte immer düsterer, provokanter und systemkritischer:

*Schwarze Maschinen*
*tanzen den Rhythmus der Zerstörung*
*blinder Hass*
*aus der Wut der Angst*
*durch den Strudel des Lebens*
*in das Dunkle gerissen*
*und am Ende*
*da steht der*
*Tod*

Ganz klar, dass da das Pankower Regime nicht einfach tatenlos zugucken konnte, wie so mir nichts, dir nichts ein zweiter Wolf Biermann entstand. Ich kam zwar nicht in den Knast, aber meine neuen Gedichte auch nicht mehr an die Wandzeitung, wo inzwischen Genosse Erich Honecker und Genosse Jurij Andropow im Bruderkuss vereint hingen. Das System versuchte mich überall zu behindern. Trug ich etwas vor, wollte mir keiner mehr zuhören. Eines Nachmittags verlor ich »zufälligerweise« beim Klimpern um Alu-Pfennige ganz viel Geld, und meine kleine Schwester hatte eher einen Freund als ich eine Freundin. In der Lehre nahm mich das harte Schicksal der Arbeiter gefangen. Selbst mit meinen zarten Künstlerhänden für die schwere Schufterei in der Fabrik nicht geschaffen, überraschte mich hier die grenzenlose Solidarität, die sie einem Outlaw wie mir entgegenbrachten. Meine Gedichte wurden kämpferischer und zunehmend volksnaher:

*Starker Arm, ölverschmiertes Gesicht*
*Arbeiter, wer kennt dein Los nicht*
*man sagt dies wäre dein Staat*
*wer wagte den Verrat?!*

Oft, wenn ich in den Pausen die Gedichte rezitierte, weigerten sich die Kollegen danach minutenlang, weiterzuarbeiten und konnten nur von brutal die Peitsche schwingenden Apparatschiks wieder an die Maschinen getrieben werden. Das spornte mich zwar an, aber gleichzeitig spürte ich die eigene Ohnmacht und verfiel zusehends in tiefe Depressionen. Gedichte wie

*Was ist*
*Was soll es noch*
*Warum schließ ich das Fenster nicht*
*Ist sterben möglich*

zeugen von durchaus kritischen Situationen. 1987 dann wurde ich zur Armee einberufen und entwickelte dort mein

Überlebensbedürfnis wieder neu. Dieser militaristische Dampfhammer sollte mich nicht plattmachen. Ich schrieb Liebesgedichte an eine fiktive Geliebte, einfach um nicht zu verkümmern. Sie waren der Strohhalm zu meinem Lebenssaft:

*Wenn du den ersten Hahn im Morgengrauen krähen hörst*
*so kannst du mich wecken*
*dann möcht ich dich umarmen*
*und dir sagen, dass ich dich liebe*
*dann setzen wir uns auf den Felsen*
*du weißt, den auf der Anhöhe*
*und ich werde dir eine Haarsträhne aus dem Gesicht streichen*

Zum ersten Mal brach ich damit aus dem gewohnten Reimschema aus, setzte Maßstäbe für kommende Generationen. Trotzdem wollte die, wie ich später erfuhr, Systemzeitung »Junge Welt« meine Ergüsse nicht publizieren. Sie verwies mich an die »Zirkel Schreibender Arbeiter«, die sich zumeist aus Spitzeln und Schwachköpfen zusammensetzten. Durch die Ablehnung endgültig aller Illusionen beraubt, brach ich meine Verhandlungen mit dem SED-Regime einseitig ab. Wenige Monate darauf zerbrach die DDR an den Massendemonstrationen der Bürgerrechtler, der Fluchtbewegung über Ungarn, der internationalen Isolierung und ihren eigenen Unzulänglichkeiten. Ein wenig sicherlich aber auch an meiner Dichtkunst.

## Zum besseren Verständnis

Nach Jahrzehnten der Ödnis von Betonwüsten und Großstadtdschungel. Nach dem Überleben zwischen Erbsenbüchse und Gashahn. Nach Unendlichkeiten mit McDonald's und Grilletta verspürt man irgendwo in einer fernen Zelle der linken Herzkammer ein unbändiges Verlangen nach Waldluft.

So beginnt der 400 Seiten lange Wälzer *Pisse im Schuh* von Egon Krenz, den ich euch hier vorstellen werde. Dieses Buch wurde geschrieben zu einer Zeit, als die Mauer noch stand, aber die berühmten Mauerspechte schon heimlich in unterirdischen Bunkern ihre Instrumente schärften. Sie hatten so eine Ahnung, dass sie eventuell unter dem Namen »Mauerspechte« in die Geschichte eingehen würden. Dabei war von irgendwas Besonderem eigentlich gar nichts zu spüren. Egon Krenz, der alte Latschen, wie man ihn in Dissidentenkreisen scherzhaft, aber durchaus nicht abwertend nannte, schrieb an seinem selbstkritischen Roman über das 19. Jahrhundert. In den Läden gab es genügend Teewurst und gelbe Erbsen mit Bauchspeck für alle. Die Stasi eilte, fröhlich prügelnd, emsig durch die Straßen, und der Sozialismus wucherte in den Vorgärten.

Und doch war da so ein Aroma in der Luft. Es vibrierte. Zur näheren Erläuterung und zur Erklärung, was dann warum irgendwie in dem Roman passiert, beschreibe ich jetzt erst einmal aus eigener Erfahrung den Sturz der Mauer. Das muss ich machen. Sonst ist der Roman, der kritische Egon-Krenz-Roman *Pisse im Schuh*, der Roman, die Romantrilogie über das 19. Jahrtausend, kaum zu begreifen. Die Mauer fiel nicht einfach so plumps um. Nein, sie stand ja erst mal noch. Den Westen gab es auch. Tief hinten im Westen sah man einige Leute übel herummachen. In der DDR herrschte der Kalte Krieg. Wolf Biermanns Ofen wurde von Agenten der Stasi ständig gelöscht, sodass er fröstelnd eingewickelt im Wolf-Biermann-Pullover herumsaß und seine albernen Gedichte schlechter und schlechter wurden. Der Mann konnte einem Leid tun. In den Stuben der Herrschenden dagegen regierte hemmungslose Betriebsamkeit. Gerade war ein Schreiben der UNO eingetroffen, ob man nicht irgendeine Verwendung für Mutter Teresa hätte, sie würde langsam nerven. Erich Honecker wollte dazu die Volkskammer zusammenrufen, doch dann gab es Streit. Walter Ulbricht meinte, dass dieser Quasselverein noch nie eine vernünftige Entscheidung zu Stande gebracht hätte, und Wilhelm Pieck wollte lieber den Bundestag zusammenrufen lassen. Er war völlig senil und hatte in seiner eigenen Welt mysteriöse Vorstellungen vom politischen Wirken. Über dem ganzen Streit jedenfalls wurde der eigentliche Anlass vergessen, und man konzentrierte sich lieber auf den 12. Parteitag, der Ende Oktober zum ersten Mal im westlichen Ausland stattfinden sollte.

Zur selbigen Zeit ging in Berlin-Friedrichshain der Maurer Andreas Möhring mit seinem Hund spazieren. Seine auffällig runden Boxerjeans schlenkerten im Wind. Der Zigarettenrauch der Karo vertrieb die Kinder aus dem Viertel. Andreas Möhring, der Maurer, ging spazieren. Wolf Biermann dagegen saß auf dem Bett herum und langweilte sich. Alle seine Freunde waren im Urlaub, und die Stasi kam auch immer seltener vorbei, um den Ofen zu löschen. Er überlegte, ob er in den Westen ausreisen sollte. Einerseits tolle Nordseestrände da, o. k. Andererseits tolle Ostseestrände hier. Einerseits könnte er sich dort 'ne tolle Westjeans kaufen. Andererseits würden sie alle über seinen Wolf-Biermann-Pullover lachen. Und außerdem waren die neuen runden Boxerjeans auch nicht zu verachten. Sie schlenkerten immer so schön im Wind. In der Stasizentrale wurde man langsam unruhig. Horst hatte heimlich in das Horoskop der Westberliner Bildzeitung geguckt, und da stand für heute drin: »Die Berliner Mauer kippt um.« Ein jeder nahm dieses Orakel ernst. Fieberhaft wurden Pläne diskutiert. Könnte eine Mauer im Osten die Mauer im Westen ersetzen? Sollte man einen Blitzkrieg führen oder vielleicht den Kapitalismus ausrufen und selber eine Firma aufmachen? »Ha, ha, ha die Firma macht 'ne Firma auf.« Der Schornsteinfeger, der zufällig im Raum stand, lachte sich halb tot. Dafür wurde er mit dem Kopf in den glühenden Ofen gesteckt und von oben bis unten abgekitzelt.

Der Maurer Andreas Möhring drehte immer noch seine Runde. Er fühlte sich gut. Im Politbüro vergnügten sich die alten Herren mit einer Abordnung des »Bundes deutscher Mädchen« der CDU Wiesbaden. Die Mädchen waren aber auch zu putzig.

Wolf Biermann hatte gerade angefangen seine Sachen zu packen, da fiel plötzlich die Mauer um. Es war fast ein Wunder. Da waren diese Platten auf einmal weg und vom Westen her ergoss sich ein Strom glücktaumelnder Menschen. Auf den Köpfen ihre lustigen Pepitahütchen. An den Füßen Schuhimitate. Aber das machte nichts. Heute nicht. Es waren Menschen, die da durch die Tür in der Mauer kamen. Die Ostler guckten erst komisch. Dann begrüßten sie ihre Brüder und Schwestern herzlich in der DDR. Manch einer lud einfach ein paar Hamburger ein und fuhr mit ihnen eine Runde Straßenbahn. Noch war alles reines Glück und unbändige Freude. Die Probleme sollten erst später kommen. Und die Probleme sollten mit solchen Leuten wie Wolf Biermann, Andreas Möhring, der Stasi und den Gestalten, die tief im Westen übel herummachten, zu tun haben. Leider werden die Probleme in dem neusten Roman von Egon Krenz *Pisse im Schuh* auch nicht angeschnitten.

## Wie ich mal mit einer Rakete geflogen bin

Einmal bin ich mal mit 'ner Rakete mitgeflogen. Es war im letzten Sommer. Ich war kein Junge mehr, aber auch noch kein Mann. Es war Sommer. Die Kakteen standen in voller Blüte. Texas glich einem umgefallenen Bienenhaufen. Ich war neu in den USA. Auf Einladung der NASA, die mal neue Gesichter suchte für ihre Raketenexpeditionen. Die alten warn schon schrumplig geworden, die wollte keiner mehr sehen, und es ging ja gerade darum, die 19- bis 48-Jährigen als beständige Zielgruppe zu gewinnen. Da kam jemand wie ich natürlich grad recht, und ich hatte auch nicht übel Lust auf so was.

Zu Hause in Ostdeutschland tobten in der Zeit Nazi-Schlägerbanden, Dummheit stand hoch im Kurs, die Sozialämter hatten wegen Lieferschwierigkeiten meistens zu, Arbeit gab's nur für Crashtestdummies, und die Liebe war in Urlaub. Da dachte ich mir, ach ja, ich glaub, ich geh mal kurz nach Amerika, das ist ja jetzt nich' mehr verboten, da guck ich ma, was da los ist. Schon früher flüsterte man sich zwischen Kap Arkona und Zwickau ja geheimlich hinter vorgehaltener Hand über die begrenzten Möglichkeiten die Ohren voll. Hätte es damals freie Wahlen gegeben, die fiktive USA-Partei hätte mit an Sicherheit grenzender Wahrscheinlichkeit eine Zweidrittelmehrheit erhalten.

Jetzt ging also das Wunder für mich in Erfüllung. USA-Kosmonaut, das gibt's doch nich'. Doch! Alle Wetter, Gott oder Evolution oder so ähnlich, wer dafür verantwortlich war, war mir eigentlich wurscht. Ich stand auf der Startrampe und konnte es immer noch nicht fassen. Bunte USA-Papageien saßen mir auf der Schulter, das war hier praktisch unbegrenzt möglich.

Die quatschten lustiges Zeug, so wie im Fernsehen immer. Ha, ha. Ich musste lachen. Nur noch fünf Minuten bis zum Start. Der USA-Präsident kam mit Blumen angespurtet, aber er wurde wieder weggeschickt, denn der Count-down lief schon. Die Rakete war entsetzlich klein, sowjetische Bauart, versteh ich gar nicht, warum die USA so 'n Schrott hochfliegen lassen, wo die doch auch echte Cadillacs haben. Wahrscheinlich Sparzwang. Ich konnte mich erst mal umgucken, so viel Zeit musste sein. Hoppla, da ging's auch schon los. Ein Riesenkrach betäubte die Sinne. Hoffentlich hielten die Zylinderköpfe. Als ich aus dem Fenster guckte, war alles so klein wie Matchboxautos. Mein Copilot kam aus Afrika, er war ganz schön lustig. Wir würden viel Spaß miteinander haben. Langsam wurde es dunkel, wir war'n im Weltraum angekommen. Alles war auf einmal so leicht. Der Kühlschrank schwebte mir vor der Latichte. Ich öffnete ihn. Aha, alles voll mit Tuben. Hatte ich mir schon gedacht. Aber der kluge Kosmonaut baut vor. In meinen Hosenbeinen hatte ich mir von Mutti Dosenbier einnähen lassen.

Auf einmal blinkten ein paar Knöpfe anders als vorher, und das Aggregat begann entsetzlich zu rußen. Damit musste man bei der Schrotttechnik natürlich rechnen. Deshalb hatte Mahmoud, der Copilot, auch noch schnell Klempner gelernt. Er ackerte, was das Zeug hielt. Dutzende verkorkster Bauelemente traten die Reise durch die Unendlichkeit an. Man musste aber höllisch aufpassen, dass man das Fenster nicht zu lange aufließ, wegen der Weltraumkrankheit. Ziemlich anstrengend, so hatte ich mir das gar nicht vorgestellt. Als alles wieder ganz war, funkten wir zum Spaß mal kurz Mayday SOS an die Erde. Die kriegten einen ganz schönen Schreck. Aber bald merkten sie an unseren lustigen Gesichtern, dass wir sie nur veräppeln wollten. Trotzdem gaben sie das Ganze ans Fernsehen weiter, was die Einschaltquoten in die Höhe schnellen ließ. Mahmoud war Moslem und deshalb schnell betrunken. Er las mir lallend die komischsten Stellen aus dem Koran vor, ich behauptete, Jesus Christus sei schwul gewesen. Manchmal konnten wir kaum noch schweben, so mussten wir lachen.

Dann sahen wir auf einmal den Mond vor uns. Er war keine Sichel wie sonst oft, sondern rund. Wir wollten landen, aber die Rakete wollte nich' so wie wir. Egal, aber komisch wurde mir da schon. Hoffentlich passierte das nich' beim Rückflug dann bei der Erde. Mahmoud guckte meistens aus dem Fenster wegen Gott oder irgendwelchen Außerirdischen. Ich war ja schon aufgeklärt und las Comics und trank dazu Bier. So verstrich die Zeit. Mars, Venus und ein Haufen Sterne zischten an uns vorbei. Plötzlich war das Universum vor uns zu Ende. Wir prallten wie an einer Gummiwand ab, wurden quasi zurückkatapultiert, obwohl man genau erkennen konnte, dass hinter dem Universum da war noch ein anderes Universum. Mahmoud is' mein Zeuge. Nur mit unserer Rakete kamen wir nich' rein. Da braucht es wahrscheinlich eine neuere Generation von Raketen. Vielleicht welche mit 'ner extremen Spitze vornedran, die da durchpieksen können. Doch das sind natürlich nur vage Vermutungen. Schade, kann man nich' ändern, wir hatten's auf jeden Fall versucht.

Auf dem Weg zurück ging dann auch noch das Radio kaputt. Wir bastelten zwar eine Ersatzantenne, aber es war dann doch was anderes, wahrscheinlich der Akku. Ich bekam auch schrecklichen Hunger. Die Tuben hatten wir nich' richtig eingeteilt, die waren schon alle alle. Das Bier auch. Es war die Hölle. Aber auch schön irgendwie. Über das Manöver, wie wir wieder auf die Erde kamen, möchte ich hier mal vornehm schweigen, nur so viel: Der dritte Versuch klappte, aber wir landeten in Mexiko, total weit weg von unserem Startplatz. Mit Müh und Not überwanderten wir die Grenze USA–Mexiko, was mich ein wenig an die deutsche Mauer erinnerte, und klopften zur Überraschung der Verantwortlichen direkt bei dem Haus des Vorsitzenden der NASA an. Das war ein Hallo!

Für diejenigen, die noch nich' das Glück hatten, mal über den eigenen Tellerrand hinauszugucken, denen kann ich nur sagen, die kochen auch nur mit Wasser, es is' nich' alles Gold, was glänzt, und lernt ruhig erst mal eure Heimat kennen, da gibt's auch noch viel zu entdecken. Und über all dem sollte natürlich der Leitspruch prangen, den einstmals vor mehr als 1000 Jahren eine kluge Frau aus dem Hessischen in die Welt warf: »Hauptsache, man ist zufrieden.« Dem ist eigentlich aus heutiger, im Zeitalter des Computers, Sicht nichts hinzuzufügen.

# Jochen Schmidt

Geboren 1970 in Berlin. Aber erst vor kurzem auf den Trichter gekommen, mit anderen Menschen zu reden. Ein erster Erzählband, *Triumphgemüse,* der noch aus der Zeit davor stammt, ist bei C. H. Beck erschienen. Wer jetzt sagt: Wenn der das kann, kann ich das auch, hat womöglich Recht.

## Die Wahrheit über Shoppen und Ficken

Seit der Wende habe ich kein einziges Gespräch geführt. Die Menschen haben keine Zeit mehr füreinander. Das Leben trudelt so dahin wie ein abgeschossenes Propellerflugzeug. Jetzt ist sie schon zehn Jahre tot, unsere ehemalige Mauer. Und dahinter kann man sich alles angucken gehen, ohne große Aufstände. Eigentlich war es ja überraschend, dass da so viele Häuser standen, in Westberlin. Auf meinem alten Stadtplan war nur Wald eingezeichnet. Die haben zwar übers Fernsehen immer mal zu uns rübergefunkt, sodass man schon damit rechnen konnte, dass da auch so eine Art Menschen lebte, aber so etwas ließe sich heutzutage bestimmt auch simulieren. Dann hätten wir ganz schön geguckt, wenn in dem Wald gar keine Läden gewesen wären. Da hätte man auch gleich in die Schorfheide fahren können. Aber dieses Westberlin war dann tatsächlich nur eine gigantische Scheinwelt aus glitzernden Lichtern und Illusion. Ein Las Vegas im Kleinen, das sie extra für uns da hingebaut hatten. Eigentlich ja eine coole Itze vom Kapitalismus.

Gleich beim ersten Besuch hat mich die Faszination förmlich ins Mark gebissen. Im Zoopalast durfte man als DDR-Bürger zum halben Preis »Friedhof der Kuscheltiere« sehen.

An der Kasse diskutierte ein Schweizer mit dem Kartenverkäufer.

»Warum kchostet das fünf Markch für die Ostdeutschen und nicht auch für die Türkchen?«

»Weeß ick nich, ditt is im Moment so.«

»Das ischt ein Schkchandal!«

»Na ja…«

»Sind Sie ein Nazi?«

So ging das los damals, in dieser aufgeheizten Atmosphäre, wo jedes falsche Wort eine friedliche Revolution auslösen konnte. Es war ja auch Tatsache plötzlich viel los, man musste nur leider immer so weit fahren dahin. Man hatte dann bald gar keine Lust mehr, so weit zu fahren. Außerdem war ich eigentlich eher daran gewöhnt, dass nichts los war. Es war schon anstrengend genug, die ganzen Sachen kaufen zu müssen, von denen man dachte, dass man sie brauchte. Aber in der Beziehung hat er mich eigentlich nur enttäuscht, der *Herr* Westen. Zum Beispiel mit einer Literflasche Badesalz zu zehn Mark, damals eine Summe, die man kaum mit ehrlichen Mitteln zusammenbekam. »Ist die ergiebig?«, hab ich die Verkäuferin gefragt, die mich nicht ganz zu Unrecht für total bescheuert hielt. »Die is' *sehr* ergiebig.« So ergiebig, dass ich sie immer noch habe, das Zeug stinkt nämlich wie die Pest.

Aber die Liste der Betrugsversuche des Kapitalismus ist lang. Sie liest sich wie ein *Who is Who* der internationalen Trickkiste. Da war zum Beispiel dieses Buch, für das ich meine Seele einem Sammler verkauft habe, um es mir leisten zu können. Es hieß *Zen-Buddhismus und Psychoanalyse.* Ich dachte: Mensch, Zen-Buddhismus *und* Psychoanalyse, da hat man ja gleich zwei von den Sachen zusammen, die es früher nur im Shop gab. Mein Geist hat die sieben Siegel dieser Schrift nie knacken können. Dann war ich in eine Krankenschwester verliebt, und ein Kollege hat ihr zum Geburtstag einen Band Hermann Hesse geschenkt. *Siddharta.* Ich musste wissen, was da drin stand, um den Anschluss bei ihr nicht zu verlieren. Aber in der ganzen Stadt gab es kein *Siddharta*-Buch. Was war das überhaupt für ein beknackter Titel? Ich habe dann mit meinem ersten Jahresgehalt eine 50-Mark-Jubiläums-Gesamtausgabe gekauft, nur wegen der *Siddharta*-Geschichte. Schon wieder irgendwas mit Buddha, und am Ende sieht er dem Fluss beim Fließen zu, und das ist dann die Lösung. Die Krankenschwester meinte, es hätte ihr was gegeben, aber das sei mehr so ein Gefühl. Übrigens, jetzt fällt mir noch so eine Aktion vom Kapitalismus ein, und ich werde gleich ganz wütend, wenn ich daran denke: Damals habe ich nämlich auch eine Ausgabe der Zeitschrift »Keyboards and Guitars« gekauft, weil da drin die Noten standen zu »We don't need no education«, und zwar auch die Noten vom Gitarrensolo. Da stand haargenau beschrieben, wie man das macht, dass die Gitarre so klingt wie in echt. Aber irgendwie war meine Gitarre nicht wie die aus dem Heft, ich bin immer nur fünf Noten weit gekommen, dann wurde es unübersichtlich. Seitdem kann mir das Kapital gestohlen bleiben.

## Wie mich mal Heiner Müller traf
Teil I

Die Nachricht verbreitete sich wie ein Lauffeuer in unserer Schule: Heiner Müller würde zu einem eigens anberaumten FDJ-Sondernachmittag kommen. Sein Sohn, der an unsere Schule ging, hatte ihn dazu überredet. Er hatte was gut bei ihm, weil Heiner Müller sich nie richtig um ihn gekümmert hatte. Seine Mutter, sagte er, hätte von dem großen Dramatiker berichtet, dass er sich nie die Haare wasche. Was natürlich alle Frauen von einem behaupten, wenn man sie nicht heiratet. Heiner Müller sagte erst was, dann nicht mehr viel und dann gar nichts mehr. Sein Dramaturg redete sich derweil in einen Rausch. Ein junges Mädchen klagte, dass in der DDR alles Scheiße sei, und der Dramaturg fragte:

»Was ist Scheiße?«

»Na, irgendwie alles.«

»Na, was denn zum Beispiel.«

»Na, dass man nichts sagen darf.«

»Was darf man denn nicht sagen?«

»Na, irgendwie gar nichts.«

Es war etwas peinlich für uns. Ich fragte Heiner Müller, ob die Sowjetunion nicht zusammenbrechen müsse bei so viel Perestroika. Er sagte: »Aber es gibt doch gar keine Alternative dazu.« Da hatte er Recht. Hinterher standen wir vor der Schule. Ich hatte Heiner Müller in der Woche zuvor in der »NDR-Talkshow« gesehen. Dort hatte er jeden Satz mit »ich überspitze« beendet. Neben ihm hatten Martin Walser und Ruth Berghaus und noch viele mehr gesessen. Es war sehr spannend gewesen, aber ich hatte ins Bett gemusst. Jetzt stand ich neben ihm und wunderte mich, wie klein der größte deutsche Dramatiker war. Außerdem hatte er Schuppen, wahrscheinlich wusch er sich zu oft die Haare. Ich nahm mein Herz aus der Hose und sagte zu ihm: »Man würde Sie gerne öfter im Fernsehen sehen. Das war sehr interessant.« Er sagte: »Ach, am nächsten Tag hat mich jemand angesprochen: ›Guten Tag, Herr Walser.‹« Was für eine tief gehende und beiläufige Kritik unserer modernen Mediengesellschaft! Ich verstand das damals überhaupt noch nicht. Ich wollte dann noch wissen, wie es mit seiner *Hamlet*-Inszenierung voranging. »Schauspieler sind sensible Wesen«, sagte er. Wieder so eine hintergründige Antwort.

In vielen schlaflosen Nächten habe ich nachgedacht, was ich ihn hätte Intelligentes fragen können, damit er antwortete: »Kommen Sie doch mal bei mir am Tierpark vorbei. 30. Stock. Und bringen Sie Ihre Gedichte mit. Sie haben, ich überspitze, Talent.« Aber die Antwort hätte mir gar nichts genützt, weil ich keine Gedichte geschrieben hatte, außer:

*Der Wahnsinn lächelt längst nicht mehr*
*weint nur noch bittre Tränen*
*in engen Räumen wütet er*
*verzehrt von heißem Sehnen.*

Aber das war eher ein Zufallstreffer. Übrigens erzählte mir später jemand, der die Talkshow bis zum Schluss gesehen hatte, dass Heiner Müller am Ende besoffen durchs Studio gewankt sei. »Man würde Sie gerne öfter im Fernsehen sehen«, hatte ich zu ihm gesagt.

Indirekt ist er mir dann im Oktober '89 in der Erlöserkirche begegnet. Dort lasen alle Schriftsteller, die es in der DDR je gegeben hatte, Resolutionen vor. Es lasen aber auch ihre kleinen Geschwister und eine Menge Schauspieler. Jeder wollte seine Resolution ganz vorlesen und keiner strich die Sätze, die man schon von anderen gehört hatte, aus seinem Manuskript. Ein Dutzend Komponisten führte brandneue Kompositionen auf, die mit der Gesellschaft zu tun hatten, in Zwölftonmusik natürlich und am Solopiano. Vier von ihnen hatten unabhängig voneinander das gleiche Gedicht von Heiner Müller vertont: »Die ausgerissenen Fingernägel des János Kádár. Auf dem Platz des Himmlischen Friedens, die Panzerspur...«

Mitten in die Versammlung platzte die Nachricht von der Genehmigung der Demonstration am 4. November. Ulrich Plenzdorf riss spontan mit geballter Faust den Arm hoch. Das war der Sieg. Am Ende wurden Zettel ausgeteilt, auf denen der Text vom Solidaritätslied stand, und eine Sängerin von der Komischen Oper legte vor: »Vorwärts und nie vergessen...« Aber die Leute verkrümelten sich nach den anstrengenden sechs Stunden und hatten keine Lust mehr auf Solidarität. Dabei war es ein schönes Lied, aber wir hatten es irgendwie schon so oft gesungen.

Ich habe Heiner Müller dann wieder gesehen, als er am 4. November '89 seine Rede hielt. Es war ein Sonnabend, und ich musste im Fernsehraum unserer Kompanie die Fenster putzen. Jemand von den Offizieren sagte: »Äh, kiek ma, wie sieht'n *die* aus?«, und Heiner Müller wurde ausgepfiffen, weil er eine Resolution einer »Vereinigung für unabhängige Gewerkschaften« vorlas, in der etwas von Arbeitslosigkeit stand. Das klang damals zu nörglerisch. Ich hatte große Mühe, die Fenster zu putzen und zerknüllte eine Zeitung nach der anderen. Aber die Schlieren blieben. Danach sollte ich bohnern. Der dicke Grieß, der mit mir dazu eingeteilt war, nahm den Besen und führte mir vor, wie man richtig fegt: »Dat is dat Erste, watt du inne Firma lernst!« Dann verschwand er und kam nicht wieder. Von seinen hundert Mark Begrüßungsgeld kaufte er sich Jägermeister und »Praline«-Hefte, und eines Morgens blieb er im Bett liegen, weil er besoffen war.

Dann kamen die ersten Wahlen, und Heiner Müller las bei der »Vereinigten Linken« im Haus des Lehrers ein paar Gedichte vor. Ich erinnere mich an die Zeilen: »The horror, the horror, the horror«. Er war uns allen weit voraus. Jemand aus dem Publikum, den ich zu der Zeit so gut wie überall rumstehen sah – und jetzt auch manchmal rumliegen –, ging vor an seinen Tisch und stellte ihm Fragen zur »Textproduktion«. Das hübsche Mädchen von der »Vereinigten Linken«, das neben Heiner Müller saß, war wirklich hübsch. Im großen Saal machte eine Band, die sich »Tacheles« nannte, einen Höllenlärm, und ein Wahnsinniger, der Tarzan hieß, röhrte minutenlang in zwei Mikrofone auf einmal. Aha, jetzt waren wir also doch noch in den Achtzigern angekommen. Als ich dann mal mit »Bolschoi Rabatz« ein Konzert in der Kastanie hatte, war wieder dieser Tarzan da und blockierte den ganzen Abend lang die beiden Mikrofone, sodass wir nicht mehr drankamen. Aber es war nicht mehr für die Politik, es war jetzt reine Kunst.

Dann sah ich Heiner Müller in der Akademie der Künste bei der Aufführung eines Films zu Brechts »Ballade vom toten Soldaten«. In dem Film lief die ganze Zeit Wagnermusik, und ein Dampfer fuhr den Rhein runter. Aus verschiedenen Stellen im Wald und in irgendwelchen Einkaufspromenaden wurde eine Stoffpuppe ausgegraben, was jedes Mal zehn Minuten dauerte. Ab und zu sah man ein Pappkrokodil ins Bild gucken. Hinterher gab es eine große Diskussion, auf der die Filmemacher sich weigerten zu erklären, was das Krokodil bedeuten sollte. Heiner Müller schwieg, und ein gut geföhnter Mann aus dem Publikum wiederholte immer wieder ganz aufgeregt: »Wir brauchen eine linke Ästhetik! Wir haben immer noch keine linke Ästhetik!« Das hat mich damals sehr beeindruckt. Es klang so evident, aber auch geheimnisvoll. Es klang wie ein Diskurs, ja, wie das Wort Diskurs selbst. Eine neue Welt tat sich für mich auf.

Sie schloss sich wieder, als ich Heiner Müller im Fernsehen sah. Bei Alfred Biolek. Wie konnte mein Heiner Müller da hingehen? Er saß neben seiner Frau und Professor Brinkmann. Heiner Müller sagte, dass es ihm, seit er seine Tochter habe, schwerer falle, Katastrophen zu lieben. Er stürzte meine ganze Lebensphilosophie um, die ich doch von ihm selber hatte! Dann durfte ich ja doch heiraten und Kinder kriegen, wenn Heiner Müller das auch machte!

Bei einer anderen Veranstaltung, zwei Monate vor seinem Tod, amüsierte er sich die ganze Zeit über einen Wortwitz: »*Bi*-olek, das ist gut, wir nennen ihn ab jetzt *Bi*-olek.« Und ein schönes junges Mädchen mit langen dunklen Locken lehnte an einem Pfeiler und fragte ihn: »Herr Müller, was denken Sie über den Begriff der Zeit?« Ich kochte, weil mir klar wurde, dass Heiner Müllers ganze Lebenszeit von solchen bekloppten Fragestellern verstopft worden war, und weil er nicht wissen konnte, dass es mich gab, und dass es sich deshalb auch für ihn noch lohnte, an die Literatur zu glauben. Aber was sollte ich machen? Ich hatte immer noch kein Gedicht geschrieben.

Dann war er tot, und ich lernte bei den Gedenklesungen im Berliner Ensemble eine amerikanische Jüdin kennen, die mir immerzu widersprach, vor allem, wenn es um Heiner Muller ging. Sie las Bücher, in denen Dinge standen wie: »In einer Beziehung ist es wichtig, Grenzen zu setzen.« »Grenzen, verstehst du?« Nein, ich verstand nicht, ich wollte mich lieber so verliebt fühlen, wie ich wirkte. Sie zeigte mir eine ihrer Erzählungen, in der ein junger Mann sich beim Gitarrespielen verletzt und beim Weiterspielen verblutet. Ich konnte mich aber nie darauf konzentrieren, was sie zu mir sagte, weil ich in Gedanken immer noch bei Hitler und Stalin war. Wenn ich etwas sagte, erklärte sie es für dumm, wenn ich etwas Kluges sagte, behauptete sie, ich habe es von Heiner Müller geklaut.

Dann besuchte ich an der Universität ein Seminar zu Heiner Müller, und viele junge Menschen, die im Neonlicht sehr verbraucht aussahen, saßen mit mir im Raum. Sie verstanden einen Satz so lange, bis jeder den Satz anders verstanden und ausführlich erläutert hatte, wie er ihn verstand. Der Professor sagte dazu: »Ich lass das mal so stehen, ich denke, der Text bietet Raum für alle diese Lesarten, und es wäre falsch, das jetzt aufzulösen.« Jemand meinte: »Ein Pissbecken im Museum ist ein Ready Made.« Worauf ein anderer erwiderte: »Und Heiner Müller auf Vox ist auch ein Ready Made.« »Dann wird also sozusagen das Museum zum Pissbecken, könnte man das so sagen?« Der andere antwortete: »Ja, das könnte man so sagen.«

In der Prüfung kam der Professor schnell zu der Überzeugung, dass ich Heiner Müller nicht leiden könne. Damit hätte ich nie gerechnet. Ich war schließlich der einzige Mensch außerhalb Heiner Müllers, der Heiner Müller verstand. Nur dass ich mich inzwischen dazu durchgerungen hatte, einen seiner Texte nicht so gut zu finden wie die anderen. Das war mir bei Heiner Müller noch nie passiert, und ich machte mir deswegen schwere Vorwürfe. Hätte ich den Professor nicht unterbrochen, hätte er alleine geredet und mir anschließend eine Eins gegeben. Aber das war wohl mein

Problem. Wenn ich die Amerikanerin nicht unterbrochen hätte, wäre ich jetzt mit ihr verheiratet und Woody Allen ein Stück näher. Aber ich wollte ja unbedingt auf dem Dorotheenstädtischen Friedhof begraben werden.

## Die sieben Todsünden des Jochen Schmidt

### 1. Geiz

Da mir ein halber Kaugummi reicht, so wie mir auch eine halbe Portion Zahnpasta reicht, pflege ich meine Kaugummis durchzureißen. Wenn man mit einer Frau spazieren geht und sie einen Kaugummi wünscht, kann es passieren, dass man den Kaugummi wie gewohnt durchreißt, ohne sich etwas dabei zu denken. Die Frau kann dann gar nicht glauben, wie geizig man ist, da man ihr nicht einmal einen ganzen Kaugummi gönnt, der doch wohl fast nichts kostet.

### 2. Neid

Manche Schriftstellerinnen, die irgendwoher kommen und jetzt irgendwo da wohnen, wo ich auch wohne, laufen mir da, wo ich wohne, immer mal über den Weg. Wenn sie darüber schreiben würden, wo sie herkommen, hätte ich gar nichts dagegen, aber da sie darüber schreiben, wo ich herkomme, und wo ich eigentlich selbst drüber schreiben will, bin ich manchmal ziemlich neidisch. Ich bin dann sogar so neidisch, dass ich ihnen, wenn sie mir irgendwo über den Weg laufen, hinterherlaufe und gucke, ob sie ins Schaufenster vom Sexshop gucken, um dann sagen zu können, dass sie ins Schaufenster vom Sexshop geguckt haben. Tun sie aber nicht, sie gehen zu »Fielmann«.

## 3. Zorn

Wenn man eine Nacht lang auf seine Freundin wartet, die abends bei einem Klassenkameraden, der Bodybuilder und Kampfsportler ist, für die Biologieprüfung lernen wollte, und die später auch nicht bei ihren Eltern eingetroffen ist, wie man telefonisch ermittelt hat, dann ist man, wenn sie gegen Morgen bei einem in der Tür steht, verständlicherweise etwas müde, aber auch etwas missgestimmt. Wenn sie dann sagt: »Nee, wenn du so 'ne Laune hast, geh ich gleich wieder«, kann es passieren, dass man zornig wird und alles umschmeißt, was man in jahrelanger Kleinarbeit hingestellt hat. Man sollte dann aber trotzdem nicht mit großer Geste über den Kühlschrank fegen, weil man, wenn man ein Nutellaglas mit bloßen Händen an der Wand kaputtschlägt, sich eine Schnittwunde zufügt, die sofort genäht werden muss. Das hat sie nun davon, denkt man dann, dabei hat man das nur selbst davon.

## 4. Gier

Wenn die Schwester ihre Schokolade in einem Bastkorb auf dem Schrank versteckt und sie so lange dort liegen lässt, bis sie ranzig wird, dann kann man sich ruhig was davon nehmen, sie merkt es ja frühestens ein Jahr später. Wenn allerdings die Oma einem ein Päckchen schickt, und zwar, weil sie schon etwas verwirrt ist, am Geburtstag des Bruders, dann kann es passieren, dass man sich unbeliebt macht, wenn man es trotzdem für sich beansprucht. Da in der Hölle Gleiches mit Gleichem vergolten wird, wird man dort zur Strafe bis in alle Ewigkeit Pakete von der Post abholen müssen, die an den Bruder adressiert sind.

### 5. Wollust

Wenn man das Frühjahr und den Sommer über nur vom Pizzaservice lebt und den Müll aus dem Fenster wirft, weil man sich nicht nach draußen traut, wo man beim Anblick der ersten Frau eine Scheinschwangerschaft befürchten müsste, obwohl man ja als Mann eigentlich sicher sein könnte, nicht schwanger zu werden, und wenn man dann sogar vor Verzweiflung den Kühlschrank wegwirft, weil er einen in seiner Form, wenn auch nur entfernt, an eine Frau erinnert, dann kann man sicher sein, dass bei einem alles ganz normal ist. Allerdings war es noch nie schön, normal zu sein.

### 6. Faulheit

Ich bin zu faul aufzustehen. Da ich auch zu faul bin, ins Bett zu gehen, bin ich den ganzen Tag über weder im Bett, noch nicht im Bett, was auf die Dauer ziemlich anstrengend ist. Das hatte ich mit meiner Faulheit nicht bezweckt. Wenn man wie ich zu faul ist, sich nach einem Hundertmarkschein zu bücken, heißt das allerdings nicht, dass man auch zu faul ist, sich nach zwei Hundertmarkscheinen zu bücken. Bei manchen würde die Faulheit ab zehn Hundertmarkscheinen auf eine harte Probe gestellt werden. Allerdings sind sie ja zu faul, nachzuzählen, ob es zehn sind, und deshalb bücken sie sich trotzdem nicht. Aber was sollten sie auch mit dem Geld anfangen, wo sie doch sowieso zu faul wären, es auszugeben.

## 7. Eitelkeit

Ich hatte mal eine Warze an der Hand. Das war mir so peinlich, dass ich ein Jahr lang selbst zugeschnittene Heftpflaster draufklebte, bis auch der Letzte mitbekam, dass ich eine Warze an der Hand hatte. Bei meinen Klassenkameraden wäre so etwas nicht aufgefallen, da sie keine Warze an der Hand, sondern eine Hand an den Warzen hatten. Für mich war es ein Grund, sterben zu wollen. Ich zog auch nie kurze Hosen an, da das so grässlich aussah, wenn man auf einem Schulstuhl saß, und die platt gedrückten Oberschenkel von oben betrachtete. Im Kindergarten war ich einmal im Sommer der Einzige mit langen Hosen. Die Tante nahm mich an der Hand und brachte mich nach Hause, um mir zu kurzen Hosen zu verhelfen. Es war dieselbe Tante, die uns als Mittagsschlaflied vorsang: »Aber Heidschibumbeidschibummbumm.« Inzwischen bin ich so eitel, dass ich mich einerseits, wenn es sich vermeiden lässt, nicht in Gesellschaft von mir selbst zeige, aber andererseits meine spanische Exfreundin darum beneide, dass sie mit mir spazieren gehen darf.

# Jakob Hein

Jakob Hein ist ein Mann der Zahlen. 19 der 27 Jahre seines Lebens hat er damit verbracht, kostenlos 3 weiße Kittel zur Verfügung gestellt zu bekommen. 1998 las er 1 selbst gemachten Text vor 50 Leuten und bekam dafür 2 Freibier. Seitdem bestehen Widersprüche in seiner Lebensplanung.

## Sex in meiner Kindheit

Die wichtigen Sachen erfuhren wir als Kinder nicht. Ich meine, das, was wir wirklich wissen wollten, und nicht Sex und so. Unsere Eltern schienen zu glauben, dass Kinder nicht früh genug und nie genug über Sex und so wissen können. Über Sex und so wurde uns deutlich mehr gesagt, als wir wissen wollten. Meine ganze Kindheit lang wurden mir nutzlose Dinge erklärt, bei deren Beachtung alle Freude aus meinem Leben verschwunden wäre. Schieß nicht mit dem Katapult auf Lebewesen, keine Wasserbomben im Winter, spiel nicht mit deinem Essen. Viele Fakten hingegen blieben mir vollkommen schleierhaft. Woher kam der Urin? Woher wusste die Brause, dass sie aus dem Puller kommen muss und das Brot aus dem Po? Wieso pupste man und wenn, wann stanken die Pupse?

Lutscher kosteten fünf oder zehn Pfennig, ein Telefonat 20. Wenn wir Lutscher kaufen wollten, sprachen wir alte Frauen auf der Straße an und sagten: »Entschuldigen Sie bitte, aber ich möchte meine Mutti anrufen, um zu fragen, wann ich nach Hause kommen soll. Ich habe aber kein Geld, können Sie mir vielleicht 20 Pfennig geben?« Die Erfolgschancen lagen bei 50:50. Viele der alten Damen hatten nichts davon gehört, dass ihr letztes Hemd keine Tasche hat oder waren einfach geizig. Andere Omis waren nett und gaben uns 20 Pfennig. Oder sie sagten: »Ich habe kein 20-Pfennig-Stück, nur einen Groschen und zehn einzelne Pfennige.«

Großzügig nahmen wir die Spende an. Schlecht war es nicht, jetzt konnten wir es mit einer anderen Masche versuchen: »Entschuldigen Sie bitte, ich will meine Mutti anrufen, mir fehlen aber noch acht Pfennig zum Telefonieren.« Die großzügigen Omis gaben uns trotzdem die goldglänzenden 20er und zusätzlich bekamen wir noch von den geizigen manchmal Geld. Vielleicht auch von den Dummen, die dachten, jetzt haben sie mehr Münzen. Das waren aber selten Omis, sondern eher unsere kleinen Geschwister. Bei denen probierten wir lieber gleich unser ganzes Metall gegen ein Stück Papier aus ihrem Portemonnaie zu tauschen.

Wenn uns eine Omi jedoch partout nichts geben wollte, warteten wir, bis sie weit genug weg war. Dabei war nicht der zurückgelegte Weg entscheidend, sondern die zeitliche Entfernung. Und die hing von Schuhen – Ost- oder Westmodell –, Hüftgelenken, gewickelten Beinen und anderen Faktoren ab. Manchmal waren es zwei Meter, manchmal eher 20. So ähnlich wie das Gegenteil von Lichtgeschwindigkeit, wenn das einer von euch jemals verstanden hat. Wir vergewisserten uns also unseres Fluchtweges, warteten 100 geizige Omimeter (etwa 20 Meter) und brüllten dann der Oma »schwule Sau!« hinterher. Auf Dauer hatten wir so alle alten Frauen der Gegend im Griff, denn die Nachbarn lehnten nachmittags mit Blümchenkissen aus dem Fenster, weil es damals um diese Zeit nichts im Fernsehen gab. Und Kindermund tut Wahrheit kund. Eigentlich konnte man sich das bei vielen Omis kaum vorstellen, aber wer weiß. Und geredet wird viel. Unser Geschäft florierte, und wir konnten uns immer häufiger die 10-Pfennig-Lutscher leisten, die Zunge und Zahnbelag rot verfärbten. Zahnbelag war damals noch nicht so verschrien wie heute, und ich schabte ihn ganze Schulstunden lang von meinen Schneidezähnen, außer an Tagen, an denen mich meine Mutter schon wieder zum Zähneputzen gezwungen hatte. So lernte ich die Dialektik kennen: An Tagen, wo ich vom Genuss fremdfinanzierter Edellutscher besonders interessante rote Plaque auf meinen Zähnen hatte, konnte meine Mutter genau kontrollieren, ob ich mir die Zähne geputzt hatte.

Die Anleitung zur Dialektik schien ohnehin eine der wichtigsten Aufgaben für Eltern in der DDR zu sein. Einmal erwischte uns meine Mutter dabei, wie wir gerade Frau Awert aus der Drei als »schwule Sau« betitulierten. Die 20 Pfennig, die ich von ihr haben wollte, brauchte ich nicht mehr, denn meine Mutter sagte mir live, dass ich jetzt sofort nach Hause muss. Dort hielt sie mir einen endlos langen Vortrag über schwul und Homosexualität, und dass das so ähnlich sei, wie die Dinge, die sie mir schon an einem früheren vergeudeten Nachmittag über Männer, Frauen und im Bauch wachsende Kinder erzählt hatte. Ich hatte damals einige Wochen lang Blut und Wasser geschwitzt vor Angst, mir könnte auch ein Kind im Bauch wachsen, weil ich mit einer Frau zusammen gewesen war. Und unsere nach alter Frau riechende Klassenlehrerin holte uns ständig auf ihren Schoß, damit ihr die Ersten immer schon die Matheergebnisse ins Ohr flüstern konnten. Wir brachten sie erst davon ab, indem die Guten in Mathe sich immer ein Bonbon in den Mund steckten, bevor sie zu ihr gingen. Nach einiger Zeit wurde es ihr dann zu klebrig und feucht. Und jetzt noch das mit der Homosexualität. Männer versuchten offensichtlich auch, gegenseitig Kinder in ihrem Bauch wachsen zu lassen. Ich erfuhr, dass Onkel Jochen und Onkel Klaus dazugehörten, aber bestimmt nicht Frau Awert.

Unsere Freunde, ob nun sichtbar oder unsichtbar, bezeichneten wir bis zur 3. Klasse als »Chauli«. Das klang schnafte, da vermischte sich ein steifer Wind aus dem Wilden Westen mit einer Brise großer Bruder. Wenn wir jemanden aber blöd fanden, nannten wir ihn »Forze« oder »alte Forze«. Dieses Wort hatten wir uns von der 5. Klasse abgehört, es klang gut und es war schön, seinen Gegner als jemanden zu brandmarken, der häufig und übel riechend pupst. Leider erwischte uns meine Mutter auch beim Verwenden dieses coolen Namens. Sofort wurde ein reich bebildertes Buch hervorgeholt, das ich schon tausendmal vorgelesen bekommen hatte. Es zeigte erst einen ganzen Mann und eine ganze Frau nackicht, und dann sah man nur noch den Puller vom Mann in der Muschi der Frau. Dieses Buch war das erste, das ich auswendig konnte, und vielleicht trieb mich dieses prägende Erlebnis später zum Medizinstudium.

Meine Mutter jedenfalls setzte meine ganzen Freunde hin und erklärte uns, dass es nicht »Forze«, sondern Votze hieße und dass es überhaupt nicht so, sondern Vagina heißen muss.

Da wir Cola bekamen, wollten wir uns nicht undankbar zeigen. Als uns die Jungs aus der 5. Klasse ein Bein stellten, probierten wir erstmals »Vagina« aus. Wir ernteten nur Unverständnis und vereinbarten, wieder zum bewährten »Forze« zurückzugehen. Aber heimlich, damit wir nicht wieder einen endlosen Nachmittag der offensichtlich entsetzlich langweiligen Sexualität opfern mussten.

## Fernsehen ist auch viel Betrug dabei

Es gab auch andere Zeiten. Ich war jünger und da, wo heute die Mauer in den Köpfen steht, gab es eine alle Menschen im Geiste verbindende Installation aus Beton, Stacheldraht und tausenden Aktionskünstlern in Fantasieuniformen. Es war das erfolgreichste Beispiel von Performancekunst weltweit. Doch die Zeiten haben sich gewandelt. Satiremagazine müssen Strafen an frigide Bürgerrechtlerinnen zahlen, und dicke Männchen vom fernen Planeten München kassieren Provisionen für falsche Zitate. Es war klar, dass auch unser anachronistisches Kunstwerk nicht mehr lange überleben würde. Kam dann ja auch so.

Damals jedenfalls war ich noch jünger. Erziehung richtete sich gegen alles, was Spaß macht. Zum Beispiel musste man bei einem fetten Durchfall zur Strafe ungesüßtes Kamillenwasser trinken, mit dem sich Mutti vielleicht vorher die Haare gespült hatte. Man durfte ja nicht aufstehen, um nachzugucken. Zu essen gab es 17-mal hintereinander getoastetes Weißbrot. Wissenschaftlich war wahrscheinlich schon damals erwiesen, dass eine Diät aus Cola und Salzstangen genau die richtige Ersatzmischung für die dem Körper verloren gegangenen Stoffe darstellte. Aber das klang nach zu viel Spaß. Es wird wohl noch ein Weilchen dauern, bis der Öffentlichkeit endlich Forschungsergebnisse zugänglich gemacht werden, denen zufolge eine ausgewogene Kost aus Joints und Dosenbier gegen Erkältungen immun macht. Zu viel Geld ginge der Pharmaindustrie verloren. Mein Freund Alexander jedenfalls lebt in einem nassen, unbeheizbaren Loch, und er schwört auf die oben genannte Ernährung. Er sagt, er hat nie Schnupfen und selbst wenn, würde er es nicht merken.

Es war eine graue Zeit. Wenn Kinder nach dem 12. Lebensmonat noch einpinkelten, wurden sie in die Badewanne gestellt und kalt abgeduscht, bis sie eine neuronale Verbindung zwischen dem unangenehmen Ereignis »kaltes Duschen« und dem angenehmen Ereignis »warm einpinkeln« herstellen konnten und sich für das eine oder andere entschieden. Bei manchen dauerte das Jahrzehnte. Spätestens in der Pubertät gaben die meisten aber ihr genussreiches Hobby auf, da es einem total unangenehm ist, wenn Papa, der inzwischen kleiner ist als man selbst, einen in die Badewanne hievt und sich dann zum Abduschen auf ein Höckerchen stellen muss.

Außerdem fand man so keine Freundin. Die Idee war damals wohl, dass Kinder ungefähr im 12. Lebensmonat mit dem Sprechen anfangen, und wenn ihnen das kalte Abduschen unangenehm ist, können sie ja nun mit ihren Eltern drüber reden. Heute sind die Zeiten anders. Vor zehn Jahren kamen die ersten Windeln für Kinder über sechs heraus. Von da an vollzog sich eine rasante Entwicklung, sodass heute das gesamte Altersspektrum windeltechnisch abgedeckt ist. Ein kleiner Tipp für Sparbewusste: Etwa ab dem 80. Lebensjahr kann man wieder Kinderwindeln nehmen, die oft preisgünstiger angeboten werden.

Damals dachte man auch, dass Fernsehen dumm macht. Heute kann das keiner mehr feststellen, ist ja viel zu schwer, muss man ja total lange drüber nachdenken, huch is' schon wieder 12.00 Uhr, kommt »Vera am Mittag«, gib mal die Fernbedienung… Was ganz klar war: Ostfernsehen und Nichtfernsehen machten einsam. Nichtfernsehen kannte ich keinen. Aber Andreas Gruhle aus meiner Klasse, der durfte nur Osten sehen. Der ist immer nach Hause gerannt und hat Westen geguckt, den es in seinem Fernsehen auch gab. Um 15.00 Uhr kamen seine Eltern, dann hat er schnell umgeschaltet oder ausgemacht. Dann haben sie gemeinsam ein bisschen »Klönsnack aus Rostock«, »Klock acht, achtern Strom« oder »Gixgax« geschaut. Es gibt viele Dinge, die zu Recht in Vergessenheit geraten, nicht nur Foyer des Arts. Um 19.30 Uhr aß Familie Gruhle dann Abendbrot, und anschließend musste Andreas ins Bett. Er schlief zur Freude seiner Eltern schnell ein. Jetzt konnten sie nämlich Westen gucken. Andreas wartete im Bett noch einen Moment ab, dann setzte er sich an sein selbst gebohrtes Loch im Türrahmen und Familie Gruhle hatte einen ihrer harmonischen gemeinsamen Abende, ohne es eigentlich zu wissen. Andreas war auch total entsetzt darüber, dass bei uns zu Hause alle nackt herumliefen. Bei Gruhles wurde in Badehose ins Bad gegangen. Heißt ja auch so.

Viel genutzt hat Andreas seine heimliche Fernseherei auch

nicht, denn zur entscheidenden Zeit zwischen 17.50 und 19.00 Uhr war er von seinen Altersgenossen abgeschnitten. Da liefen nämlich »Captain Future«, »Hart aber herzlich« und natürlich montags der legendäre »Colt Seavers«. Andreas hätte ja vielleicht auch bei einem von uns gucken können, aber mit so einem Pisser, der dienstags immer nicht mitreden konnte, wollte keiner was zu tun haben. Er war immer sehr gewalttätig und in der Klasse nicht beliebt. Und das hatte nichts damit zu tun, dass seine Eltern bei der Stasi arbeiteten. Später schleimte er sich bei uns damit ein, dass er seinem Vater Westgeld klaute. Aber nicht nur DM, sondern so exotische Sachen wie Schweizer Franken brachte Andreas mit. Es half ein wenig, aber ganz war seine soziale Isolation nicht mehr zu durchbrechen. Später habe ich übrigens eine kennen gelernt, die kein Fernsehen gesehen hat, obwohl sie Westen hätte sehen dürfen. Sie hörte lieber mit ihrem Bruder ostdeutsche Märchenplatten. Als ich mit ihr im Deutschen Theater war, schloss sie die Augen und erkannte dann alle Schauspieler. Ich beschloss, ihr Informationsdefizit schamlos auszunutzen. Heute sind wir verheiratet.

Das Ostfernsehen lebte übrigens auf geheimnisvolle Art von niedrigen Einschaltquoten.

Leider ist das Patent dafür verschollen, ein gewisser Berliner Privatsender würde Unsummen dafür bezahlen. Als die Einschaltquoten des DDR-Fernsehfunks aber stiegen, dauerte es nur noch kurze Zeit, bis er abgeschaltet wurde. Das Modell war noch nicht ganz ausgereift.

Der Moderator von »Gixgax« arbeitete als ewig übellauniger Barkeeper in einem Abstürzschuppen im Prenzlauer Berg. Der Laden hatte eine wichtige Brückenfunktion. Es war lange Zeit die einzige Kneipe, die bis morgens um 7.00 Uhr offen hatte, wenn man wieder in den Bauarbeiterkneipen weitertrinken konnte. Aber Uwe von »Gixgax« hatte wohl seinen sozialen Absturz nicht verkraftet. Er war auf jeden Säufer sauer und warf Betrunkene hinaus. Da die Kneipe erst um 2.00 Uhr morgens aufmachte, hatte er damit so ziemlich sein ganzes Publikum gegen sich. Es war sehr schwer mit Uwe, er sprach an einem Abend mindestens 20 Lokalverbote aus. Damit trieb er so manchen in ein geregeltes Arbeitsleben, denn seine Kneipe war ja, wie gesagt, die Einzige zwischen 2.00 und 7.00 Uhr. Sein letztes Lokalverbot sprach Uwe gegen einen aus, der offensichtlich schon aggressiv, aber noch nicht handlungsunfähig war. Der Mann holte seine Pistole, kam wieder und erschoss Uwe. Vor Gericht wurde es ihm als strafverschärfend angerechnet, dass er nicht nur vorsätzlich Uwe erschossen, sondern ebenfalls vorsätzlich das gegen ihn ausgesprochene Lokalverbot gebrochen hatte. Ich gehörte zu den Kriegsgewinnlern, denn mit Uwes Ableben war mein Kneipenverbot aufgehoben. Genutzt hat es mir später auch nichts.

Das Ostfernsehen war also nicht dazu bestimmt, Menschen glücklich zu machen. Ich merkte erst später, dass es beim Westfernsehen nicht viel anders war. So schaute ich treu meine eine erlaubte Fernsehsendung mit dem kleinen Trick, dass es mit der Werbung ja eigentlich zwei, drei, viele Fernsehsendungen gab. Bevor nämlich hinter der Mauer die Realität ihr hässliches Haupt erhob und mir ins Gesicht spuckte, schien mir alles, was im Werbefernsehen angepriesen wurde, als wundersam und unvergleichlich. Es gab lustige Gesellschaftsspiele, wo die ganze Familie in einen kollektiven Lachzwang verfiel, elektronische Roboter mit lauter Knöpfen und Lichtern, leckere lustige Süßigkeiten und andere schöne Sachen. Dazwischen trieben die lustigen Mainzelmännchen ihre drolligen Spielchen. Sie sind inzwischen zur Hölle gefahren und senden von dort aus ihre neue Liveshow »South Park«. Alles im Westen schien schöner, besser und überhaupt.

Dabei hätte ich damals schon ahnen müssen, dass vieles nur Etikettenschwindel war. Spätestens an einem Sonntagabend hätte es mir auffallen sollen, als ich das erste Mal »Tatort« schaute. Ich hatte von dieser sagenumwobenen Sendung schon viel gehört, und wir hatten uns auch auf dem Schulhof immer wieder davon erzählt. Selbst ich berichtete von blutverschmierten Verfolgungsjagden, mutigen Kommissaren und kessen Ganoven. Ich stellte es mir eben so ähnlich vor wie »Soko 5113«, nur besser. Da wir damals nicht wussten, dass KHK nur die Abkürzung für das dröge »Kriminalhauptkommissar« war und KM für »Kriminalmeister« stand, dachten wir uns unsere eigenen Begriffe wie »Kriminellenmörder« und »Krasser Heereskommandant« aus. Dann rannten wir mit gezogener Luftpistole über den Schulhof und brüllten uns gegenseitig hinterher: »KHK Less, Sie sind verhaftet!« So ähnlich und noch viel erwachsener stellten wir uns den »Tatort« vor.

Ach hätten mir meine Eltern doch nie erlaubt, nach 20.00 Uhr Fernsehen zu gucken!

Ein totaler Verpackungsskandal sondergleichen. Es geht los mit einem einfarbigen Bildschirm. Er öffnet sich einen Spaltbreit und die Augen des Killers schauen dich an. Dazu spielt das ganze Orchester einen Mollakkordhit. Der Spalt geht zu, ein anderer Spalt öffnet sich, wieder der Killer! Der gleiche Mollakkord, eine Oktave höher! Spalt zu, Spalt auf, Kiiiiller! Akkord, Akkord, Akkord! Ich bekomme fast einen Herzkasper! Wom, wom, zieht sich ein Kreuz auf das Auge des Killers ziiiuh, ziiiuh, es wird ein Fadenkreuz! Schnitt! Der Killer versucht zu fliehen, doch um seine Füße ziehen sich unbarmherzig Schlingen. Wir erkennen langsam (ich habe dazu zehn Jahre gebraucht) die Linien seiner Fingerabdrücke. Wahrscheinlich ist er in der Falle, aber wir werden sehen. Eigentlich hätte ich jetzt einen Schnaps gebraucht, stattdessen wurde ich von meinen Eltern des Zimmers verwiesen. Ich könne noch lesen, aber ansonsten…

Irgendwann durfte ich das erste Mal aufbleiben, um endlich einen ganzen »Tatort« zu sehen. Nach dem beschriebenen Vorspann ein weiterer Schnitt, diesmal auf irgendeinen behäbigen älteren Herrn in einem Büro, der mit dümmlichen 70er-Jahre-Tussis platte Scherze macht. Im Laufe der Sendung stellt sich heraus, dass er der Kommissar war. Die Szene, in der ein alter Mann über den Bürgersteig stolpert, war dann der Mordfall. Und einer von den Tontechnikern, die aus Versehen mit ins Bild kamen, stellte sich dann als der Mörder heraus. Ich schlief nach der Hälfte ein und ging von da an lieber freiwillig ins Bett, um mir wieder meine eigenen »Tatort«-Sendungen auszudenken. Ich weiß nicht, warum meine Eltern sich das antaten, aber ich dachte das erste Mal, dass sie mich vielleicht wirklich lieb hatten.

## Wedding?

Wir waren auf Wohnungssuche. Die Aussichtslosigkeit dieses Unterfangens trieb mich langsam, aber sicher in den Wahnsinn. Wenn ich nach irgendetwas anderem suchte, das für Geld zu haben war, ging ich streng systematisch vor: Ich informierte mich mittels Zeitschriften, Katalogen, Internet und Kaufhäusern über die Palette der entsprechenden Produkte. Ich entschied, welche Aspekte des Produkts unverzichtbar und welche verzichtbar waren. Dann suchte ich mir das laut Umfragen und Testergebnissen beste Produkt heraus und suchte es auf dem Secondhandmarkt. War diese Methode nicht erfolgreich, ging ich in das Kaufhaus, wo das beste Produkt am preiswertesten angeboten wurde und kaufte dann nach einer Zeit des Zögerns, Befühlens und Überlegens die billigste Ausführung des Gesuchten. Meine Frau hatte in unserem gemeinsamen Haushalt schon das Einkaufen von Lebensmitteln, Unterwäsche und ähnlichen Produkten in die Hand genommen. Dadurch war garantiert, dass wir immer genügend Milch und Strümpfe hatten, auch wenn diese selten das beste erreichbare Preis-Leistungs-Verhältnis darstellten.

Bei Wohnungen war alles ganz anders. Der Markt war unübersichtlich, teilte sich in freien und geförderten. Diejenigen, die wenige Wohnungen im Angebot hatten, versicherten einem, über jede Wohnung Berlins zu verfügen, während die Wohnungsbaugesellschaften und andere Banditen, die auf einem riesigen Berg billiger Superwohnungen saßen, stoische, chronisch schlecht gelaunte ABM-Kräfte in der ersten Reihe der Abwehrschlacht verheizten und auch in den inneren Schichten des Verteidigungsringes widerstandsfähige und hartnäckige Hüter von Wohnraum beschäftigten. Leider war ich nicht so cool wie mein osteuropäischer Freund, dessen Namen ich hier nicht preisgeben möchte. Er erstellte an Hand profunder Vorkenntnisse eine genaue Analyse der Verhältnisse: »Jakob, überall, wo es billig gute Wohnungen gibt, wird geschoben und bestochen«, dann nahm er 1000,– DM, schob sie einer Dame aus dem inneren Verteidigungsring der Wohnungsverwaltung über den Tisch und bezog wenige Wochen später seine Traumwohnung zum Traumpreis mit Parkett, Doppeltüren und Stuck.

Mein Vater hatte mir eingebläut, mich immer an Gesetz und Ordnung zu halten. Ich habe ihn sogar im Verdacht, mir diesen Schwachsinn per Hypnose ins Hirn eingebrannt zu haben. Wenn irgendwo mal ein Portemonnaie herumliegt und wirklich weit und breit niemand zu sehen ist, und ich strecke meine Hand aus, dann bekomme ich einen sengenden, vernichtenden Kopfschmerz, der erst wieder verschwindet, wenn ich meine Hand zurückziehe. Wenn das allein nicht hilft, lege ich noch einen Schein zur Buße in das Portemonnaie. Jedenfalls brachte ich die 1000-Mark-Nummer zur Wohnungsbeschaffung nicht. Es war sicher das Beste und

Einfachste, aber ich war einfach unfähig. Woher sollte ich wissen, wer bestechlich war? Mein Freund hätte bestimmt »alle« geantwortet, aber ich fand womöglich genau den einen verdeckten BKA-Ermittler, Dezernat Bestechungsgelder auf dem Wohnungsmarkt. Und auch wenn ich den Richtigen fand, waren 1000,– DM noch der gängige Preis? Gab es auch bei Bestechung Inflation und Tarifausgleich? Waren es im Osten nur 86 % oder im Westen mittlerweile 1230 Mark? Und wenn der Preis nicht stimmte, was passierte dann? Nahm sie dann das Geld, war aber nur stinksauer auf mich? Wie fand ich raus, wie viel noch fehlte, falls ich überhaupt wieder in die Wohnungsverwaltung durfte? Es hatte keinen Sinn.

Also suchte ich über Makler, die mir die Grundrisse wunderschöner Wohnungen zuschickten, leider aber meine maximale Preisgrenze prinzipiell ignorierten. Auch im Pool der bestechungsfrei arbeitenden Wohnungsbaugesellschaften wurde ich fündig und schaute mir ein paar Kellerwohnungen am Stadtrand von Marzahn an. Trotz der bezaubernden Lage und des gesetzlich festgelegten Mietpreises konnte ich mich aber nicht für eine Wohnung entscheiden, wo mir allein durch kräftiges Husten die Decke auf den Kopf fallen konnte. Es war zwar nicht so gefährlich, wenn einem mal die Decke in so einer Wohnung auf den Kopf fiel, aber nur für diesen Kalauer zog ich doch nicht um.

Dann wandte ich mich dem Internet als Informationsmedium zu. Hier gab es die Wohnungen, die ich suchte, aber leider nur virtuell. Die realen Gegenstücke waren entweder schon seit acht Wochen vermietet, ja zwischendurch schon wieder untervermietet – vielleicht wollte ich ja ein Zimmer in der WG? –, oder sie stellten Köder dar, damit ich doch wieder Maklerbüros anrief. Dann war die Köderwohnung immer leider gerade kürzlich vermietet worden, aber sie könnten mir ja einige ähnliche Angebote zuschicken, ja, höchstens 1000,– DM Bruttowarmmiete ... hallo, hallo, haben Sie aufgelegt? Aber eine Wohnung hatte ich gefunden, die war es. Ich hatte vorher die Suchkriterien um »Wedding« erweitert. Bloß, weil man mal was gehört hat, sollte man da keine Vorurteile haben. Und prompt wurde ich fündig: 4 Zimmer, 153 qm, Dielen, moderne Heizung, Balkon und *Gartenbenutzung*. Nicht nur ein Balkon, keine poplige Terrasse, ein *Garten*, mitten in Berlin. Und das zu einer erschwinglichen Miete. Ich könnte bei *mir zu Hause Squash spielen* und all meine Ärztekollegen vor Neid erblassen lassen. Sicher, nach dem Frühstück im Garten, wäre der Weg morgens zur Wohnungstür weit, aber dafür hätte ich keine lange Anfahrt zur Arbeit. Der Prenzlauer Berg und Mitte waren auch um die Ecke, ich hatte es geschafft! Die anderen waren ja so doof, nicht auch im Wedding zu suchen, immer nur Prenzlauer Berg und Mitte!

Die zuständigen Makler waren schwer zu erreichen, aber das konnte bei meiner Hartnäckigkeit ein Vorteil sein. Als ich endlich jemanden erwischte, war die Wohnung noch zu haben, und wir vereinbarten sofort einen Besichtigungstermin. Meine Frau hatte an dem Tag Dienst, aber sie überredete einen ihrer Kollegen, eine Stunde für sie zu übernehmen, sie würde sich mal eben eine Traumwohnung anschauen fahren. Der

Makler kam zwanzig Minuten zu spät und gab uns Gemeinplätze über die Berliner Verkehrslage bekannt. Geschenkt, wir wollten endlich die Wohnung sehen. »Ich muss mich gleich entschuldigen, das ist nicht unsere Wohnung, wir vermieten die nur, ich habe sie selbst noch nicht gesehen, keine Ahnung, was alles in der Anzeige steht.« »Das sind ja gleich drei Entschuldigungen auf einmal«, dachte ich so bei mir und merkte, wie mein innerer Druck, sich auf dem Squashartikelmarkt umzusehen, ein wenig nachließ. Doch der Rest meines Hirns wollte noch nicht zweifeln! 153 qm mit Garten!

»Das sind doch niemals 153 Quadratmeter!« Ich war in die Wohnung gestürmt, hatte mir die ersten vier Zimmer angeschaut und war jetzt auf der Suche nach 60–70 fehlenden qm. »Nein, das sind eher so 80, 90 Quadratmeter. Stand 150 in der Anzeige?« Im Bad hing ein Elektroboiler über einer altertümlichen Badewanne. Die Wände waren mit Fliesentapete aus Plastik beklebt, der Boden mit eitergelbem Linoleum. Auf dem Spülkasten lagen noch zwei Rollen Fliesentapete. Offensichtlich waren die Vormieter bei ihren verbrecherischen Renovierungsarbeiten erwischt worden und überstürzt geflohen. Oder sie wollten in ihrer eigenen Wohnung kein Beweismaterial lagern, jedenfalls lagen da noch zwei Rollen der scheußlichen Tapete und warteten darauf, endlich wieder auf den Wühltisch zu kommen. »Ja, und wenn Sie den Fußboden genauso wie die Wände haben wollen, dann haben Sie ja gleich das Material«, tönte es ungerührt aus dem Makler. Er war zielgerichtet wie der Terminator – »Muss Wohnung vermieten!« – und offensichtlich zu allem bereit.

Wir standen im Wohnzimmer, und ich betrachtete den Dielenfußboden, der einem Abschleifversuch nicht mehr hätte standhalten können. Das Holz war alt und schlecht und wäre komplett durch das Zimmer gesplittert. »Ja«, sagte der Makler, »hier würden Sie noch ein bisschen was investieren müssen. Aber dann…« Er ließ seine letzten Worte einfach mal so im Raum stehen. Ja, was dann? Dann hätte ich Geld in eine Wohnung im Wedding gesteckt, wo bekanntermaßen heute und in absehbarer Zukunft jeder nach Wedding will und dann natürlich gern Abstand zahlt für meine tollen Leistungen, wie dem Bad eine Zeitreise durch zwei Jahrhunderte zu verschaffen und die Fensterscheiben zu ersetzen, die vielleicht bei einer erneuten Verdunkelung ganz praktisch gewesen wären. Der Typ war doch nicht ganz dicht! Der hatte nicht nur den Arsch, sondern jede Hautpore offen! Ich warf das erste Mal einen Blick auf meine Frau. Seit Betreten der Wohnung hatte mich das Entsetzen so vollkommen umfangen, dass ich sie ganz vergessen hatte, auch weil sie bisher kein Wort gesagt hatte. Sie stand mit offenem Mund im Zimmer und starrte den Makler mit einem Unverständnis an, das an Grauen grenzte. So etwas Plumpes, Primitives, Dämliches konnte doch nicht wirklich sein. Unauffällig kniff sie sich mit der Hand in den Oberschenkel. Dafür hatte sie eine Stunde Dienst verkauft und war durch das drückend schwüle Berlin gehetzt?

»Wo ist denn wenigstens der Garten?« Ich wollte sehen, aus welchem kruden Klumpen Torf dieser Verbrecher eine Parkanlage herbeireden würde. »Garten, stand da Garten? Also, ich habe ja die Anzeige nicht geschrieben.« Er schaute sich fragend in der Wohnung um, und so schlecht, wie er schauspielerte, wäre er sofort bei »GZSZ« genommen worden. Dann lief er zum Hoffenster, schaute mit gespielter Erleichterung hinunter und sagte: »Sehen Sie, der Hof ist so schön grün. Das war bestimmt gemeint.« Ich trat auf ihn zu und wollte ihn an seinem Hosenbund durch das altersschwache Einfachkuchenfenster auf den Hof befördern, wobei die Chance ziemlich gering war, dass er auf einen der zwei mickrigen Sträucher fiel, die sich dort durch den Beton gefressen hatten. Aber schon beim ersten Schritt bekam ich meinen sengenden Kopfschmerz. »Rufen Sie uns nicht an, dann rufen wir Sie nicht an.« Ich hätte ihm jetzt 1000,– DM gegeben, nur um aus diesem Loch herauszukommen.

Ich ließ den Wedding in meinem Rücken und radelte in den Prenzlauer Berg. In meine große Wohnung mit hohen Decken, abgeschliffenem Fußboden, schönem Bad und viel Licht. Man könnte sagen, sie ist ungünstig geschnitten, aber ich würde sagen, sie hat viel Charakter. Hier muss ich nichts mehr investieren und zahle wenig Miete. Wieso war ich nur so gemein zu ihr gewesen und wollte mir eine neue suchen? Alles ist entbehrlich, so lange man es besitzt. Doch jetzt hatte ich eine Stunde in einem dunklen zugigen Loch im Wedding gewohnt und freute mich über das Schnäppchen, das ich durch meine Wohnungssuche gefunden hatte, und wir mussten noch nicht einmal Möbel schleppen.

»Oh no, you got to know that you don't know what you've got till it's gone.«

Fade out.

# Bov Bjerg

Bov Bjerg, geb. 1965. Der ehemalige Berufskraftfahrer ist Redakteur der Zeitschrift »Salbader« und Kolumnist der Berliner Stadtzeitung »Scheinschlag«. Er liest in der »Reformbühne Heim & Welt« und im »Mittwochsfazit«.

(Im Netz: www.bjerg.de)

## Schinkennudeln

Schinkennudeln waren immer mein Lieblingsessen, aber einmal habe ich davon gekotzt.

Es begann in einem hellen, kühlen Raum: Herrn Hofers wachsgelbes Gesicht lag in einem frischen weißen Kissen, die Augen hatte er geschlossen, die Hände auf dem Bauch verschränkt und mit einem Rosenkranz verschnürt. Dass Herr Hofer jetzt tot war, bedeutete nichts Gutes, und dass es der Krebs, der den Bauch unter diesen verschnürten Händen so durcheinander gebracht hatte, ohne seinen Wirt wohl auch nicht mehr lange machen würde, war kein rechter Trost. Tatsächlich blieb Herrn Hofers Kaufladen an der katholischen Kirche jetzt geschlossen, obwohl er sich damals sogar gegen den ersten Supermarkt im Ort hatte behaupten können, indem er Leberkäs- und Mohrenkopfwecken für zehn Pfennig anbot. Meine Mutter hatte keine Arbeit mehr, und ohne Herrn Hofers Zeitschriftenregal und seine kleine Bücherabteilung war auch ich plötzlich ohne Beschäftigung. Seit ich lesen konnte, hatte ich meine Nachmittage in Herrn Hofers Hinterzimmer verbracht, Comics, Schneiderbücher und immer wieder stapelweise Comics verschlungen, unterbrochen nur von den freundlichen Besuchen des taubstummen Herrn Wagner, von dem ich nie genau wusste, ob er nun junge allein erziehende Mütter oder kleine blasse Knaben bevorzugte, ja, ich wusste nicht einmal, was mir lieber gewesen wäre. Von Herrn Wagner selbst war darüber natürlich nichts zu erfahren. Zwar war er grundsätzlich in der Lage, von den Lippen abzulesen, so lange man die Laute nur deutlich formulierte, doch wenn eine Äußerung geeignet war, seine undurchdringliche Freundlichkeit zu erschüttern, konnte man beim Sprechen noch so grimassieren, es war ihm einfach nicht deutlich genug. In seiner Jackentasche trug Herr Wagner ständig eine Tüte Nimm-Zwei-Bonbons, er gab mir immer ein gelbes, obwohl er genau wusste, dass ich die orangenen viel lieber mochte. Dann sah ich ihn beleidigt an, er gab mir noch ein gelbes, und kichernd tauschten wir die beiden gelben Bonbons gegen ein orangenes.

Es wurde Sommer, der Zettel an der Ladentür – »Wegen Krankheit geschlossen« – vergilbte, und meine Mutter fand keine Arbeit. Herrn Wagner sah ich nur noch gelegentlich, morgens auf dem Weg zur Schule oder am Wochenende auf dem Sportplatz, wenn er am Spielfeldrand stand und die Jugendmannschaft mit gurgelnden Geräuschen anfeuerte. Eines Tages war Herr Wagner verschwunden, und seltsamerweise begann sich meine Mutter gerade in diesem Moment für ihn zu interessieren. – Ob ich mich denn noch an Herrn Wagner erinnern würde. – Ja. – Ob er mich denn einmal? – Nein, ich wusste nicht, was sie meinte. – Ob er mich denn einmal angefasst habe? – Ja.

Sie schrie auf, und plötzlich benutzte sie Begriffe, die ich zwar kannte, aber dass meine Mutter sie auch kannte, damit hatte ich beim besten Willen nicht gerechnet. Neben Schimpfwörtern wüstester Art handelte es sich vor allem um sämtliche Bezeichnungen für die männlichen Geschlechtsorgane, gekoppelt mit verschiedenen Begriffen des Entfernens. – »Ich hab' ihn aber auch angefasst.«

Sie tobte durch den Flur, kündigte an, sie werde schon herausbekommen, wo Herr Wagner, den nur noch als Schwein zu bezeichnen sie inzwischen offensichtlich mit sich überein gekommen war, wo also dieses Schwein säße, das werde sie schon herausbekommen, und dann! – Öfters? – Ja, öfters. Das werde sie schon herausbekommen und wenn sie bis nach Stuttgart fahren müsse oder bis nach Ulm, man könne ja nicht davon ausgehen, dass eine Sau dieses Kalibers in unserer Kreistadt sicher verwahrt sei, sie rannte in die Garage, im Kühlschrank steht noch Bohnensuppe, wartet nicht auf mich mit dem Essen, kam mit dem Fahrrad wieder herausgeschossen und atmete erst wieder tief und hörbar ein, als ich sie fragte, was denn eigentlich so schlimm daran gewesen war, wenn ich Herrn Wagner zur Begrüßung und zum Abschied die Hand gegeben hatte.

Der Sommer ging vorbei, ich ging jetzt auf die Oberschule in die Stadt, und meine Mutter fand für kurze Zeit eine neue Anstellung auf der anderen Seite der katholischen Kirche. Es war die sonderbarste Tätigkeit, der sie je nachgegangen war. Sie putzte und kochte. Nicht frühmorgens in irgendwelchen Büros oder Ämtern. Nicht in irgendwelchen Kantinen oder Gastwirtschaften. Nein, sie putzte und kochte für das Lateinlehrerehepaar Glinka und ihre beiden Söhne Ekbert und

Bente. Ekbert mit »k« und Bente mit »Bente«. Ekbert war der beste Schüler auf dem besten Gymnasium der Kreisstadt, Bente war etwas zurückgeblieben und brachte vom gleichen Gymnasium nur Zweien nach Hause. Außerdem war er in psychiatrischer Behandlung, hieß es, weil: »Der Wagner.« »Was, den Glinka-Bente hat er auch?« »Ja, auch den Glinka-Bente.«

Frau Glinka war eine große, schlanke Frau. Sie sah aus wie die Flamingos im Stuttgarter Zoo. Jeden Sonntag saß sie allein in der Kirchenbank, ganz ohne Familie. Dabei war sie noch gar nicht so alt wie die zerknitterten Kopftuchwitwen in der ersten Reihe. In der Gemeinde erzählte man sich Unglaubliches: Frau Glinka sei früher evangelisch gewesen. Genauso gut hätte man mir erzählen können, sie sei früher ein Mann gewesen. Katholisch war man von Geburt an, oder man war es eben nicht. Alle rätselten, was sie wohl dazu getrieben hatte, freiwillig katholisch zu werden. Ich hatte auch eine Vermutung, aber die behielt ich für mich. Es hing mit ihrem Äußeren zusammen. Frau Glinka war so hoch und dünn wie der Turm der katholischen Kirche, ein schlichter Nachkriegsbau. Der Turm der evangelischen Kirche aber, der war kurz und dick. Und so war Frau Glinka eben katholisch geworden weil sie in unseren Kirchturm besser hineinpasste. Trotzdem blieb da ein Rätsel um diese hagere Frau, die einmal evangelisch gewesen war, die zu Hause nicht selbst kochte und putzte, und die zu allem Überfluss auch noch Latein unterrichtete, eine Sprache, von der vor kurzem Holger, der Streber, erzählt hatte, dass es »ja eine tote Sprache« sei. Eine tote Sprache? Tot wie Herr Hofer mit dem Wachsgesicht und den rosenkranzgefesselten Händen. Das war ja gruselig.

Das Haus der Glinkas lag versteckt hinter hohen Sträuchern. Ich klingelte am Gartentor, dann summte es, und ich konnte das Tor aufdrücken. Noch mal klingeln an der Haustür, meine Mutter öffnete. Sie sah ganz normal aus. Gar nicht wie die Dienstboten, die ich aus »Das Haus am Eaton Place« kannte. Kein Häubchen, keine Rüschenschürze, kein Staubwedel, mit dem sie herumfuhrwerkte. »Na, habt ihr was gelernt?«, sagte sie, beugte sich herunter und flüsterte: »Und vergiss nachher nicht, danke zu sagen.« Bente führte mich durch das Haus. »Das ist das Wohnzimmer.« Glinkas hatten keine Tapeten an den Wänden, sondern Bücherregale. Wo noch Platz war, hingen Bilder. Ich konnte nicht erkennen, was sie darstellen sollten. In der Mitte des riesigen Zimmers ein sehr dicker Teppich und ganz weit hinten ein Klavier. »Das ist kein Klavier«, klärte Bente mich auf, »das ist ein Flügel.« Aber wo war der Fernseher? Ein Wohnzimmer ohne Fernseher? Bente setzte sich ans Klavier und spielte mit gespreizten Fingern, theatralisch, die Stirn fast auf den Tasten, bis Frau Glinka im Wohnzimmer stand: »Bente, ich bitte dich. Du weißt, es ist Mittagsstunde.« »Grüß Gott«, sagte ich. »Grüß Gott«, antwortete Frau Glinka mit gespitztem Mund. Aber der Ekbert habe doch gestern Mittag auch, sagte Bente. »Quod licet jovi, non licet bovi«, sagte Frau Glinka. »Wir essen gleich.« Ich half meiner Mutter, den Tisch zu decken, Bente saß maulig am Klavier, dann ging er in den Flur und schlug auf den schweren Gong. Vor dem Essen wurde gebetet, und nach dem Essen wurde gebetet. Das Essen schmeckte so lecker wie zu Hause. Logisch. Nur, dass es bei Glinkas anscheinend immer Suppe gab und immer Nachtisch. Und Servietten. Aus dickem weißen Stoff. Und nach jedem Gang musste man warten, bis alle fertig waren. Nach dem Essen wurden die Familienangelegenheiten besprochen, wann Ekbert was, wohin Herr Glinka warum, meine Mutter und ich saßen schweigend daneben. Aufgestanden wurde erst, wenn Frau Glinka mit ihrem Stuhl zurückrutschte und gedehnt sagte: »Sooo.«

»Wagner hat dich gefickt«, sagte ich an der Haustür zu Bente.

»Wer sagt denn so was«, sagte Bente.

»Alle«, sagte ich.

»Stimmt gar nicht. Ich hab ihm einen runtergeholt. Na und?«

»Ach, und deshalb bist du jetzt verrückt und musst dauernd zum Irrenarzt? Glaub ich nicht.«

»Wart's ab«, sagte Bente, »wenn du ein paar Mal hier zum Mittagessen warst, dann wirst du schon noch sehen, dass man nicht unbedingt das Glied von Wagner braucht, um verrückt zu werden.«

Er sagte wirklich Glied, dieses seltsame Wort aus dem Biobuch.

Frau Glinka war in der Gemeinde nicht sehr beliebt. Allgemein wurde ihr Übertritt zum Katholizismus als Beweis ihrer protestantischen Einstellung zur Religion gewertet. Außerdem konnte sie einfach nicht Theorie und Praxis des katholischen Regelwerks auseinander halten. So war Frau Glinka wahrscheinlich die einzige Frau unter siebzig, die jeden Samstagabend zur Beichte ging, um am Sonntagvormittag ganz sicher frei von jeder Sünde die Kommunion zu empfangen. Blieb die Nacht dazwischen. Selbst für die allergläubigsten Traditionskatholiken ein höchstens theoretisches Problem, gebeichtet war gebeichtet, fertig, bums, aus – aber nicht für Frau Glinka. Dass sie auch die Samstagnacht absolut tugendhaft erlebte, dafür sprach, dass sie trotz ihrer strikten Papsthörigkeit in allen Fragen nicht wieder schwanger wurde, während der kleine Bierbauch ihres Mannes von Wochenende zu Wochenende immer weiter anschwoll, wodurch der schweigsame Herr Glinka dem evangelischen Kirchturm im Dorf immer ähnlicher wurde.

»Ach«, sagte meine Mutter wie nebenbei, als ich mir mit der einen Hand das Marmeladenbrot in den Mund stopfte und mit der anderen schon nach dem Schulranzen angelte, »ach, heute Mittag gibt's übrigens Schinkennudeln.« Und dann sagte sie einen Satz, den ich sofort wieder vergaß. »Nach einem Rezept von Frau Glinka.« In der großen Pause verschenkte ich die Hälfte meines Salamibrotes, damit ich am Mittag mehr Schinkennudeln essen konnte. Der Vormittag wollte nicht vorbeigehen. This is Mac. He is waiting for the big blue bus. He is waiting for Schinkennudeln. Big and fettig and gebraten in the pan: Yes? No, teacher, I listen not. Yes, I am sorry. I am thinking of Schinkennudeln. Yes, bacon. – Ham? Ach so.

Ich klingelte am Gartentor, es summte, ich drückte das Tor auf. Ich klingelte an der Haustür, meine Mutter öffnete.

»Habt ihr was gelernt. Vergiss nachher nicht, danke zu sagen. Na, du hast es aber eilig heute.«

»Wo sind denn die Schinkennudeln?«

»Im Ofen.«

Ich wurde nicht misstrauisch. Ich deckte den Tisch und wurde nicht einmal misstrauisch, als meine Mutter fürsorglich flüsterte »Iss heut ruhig mal zwei Teller Suppe. Es gibt Bohnensuppe.« Das war hart. Die Bohnensuppe meiner Mutter war mein zweites Lieblingsessen, gleich nach Schinkennudeln. Wie sollte ich an einem einzigen Mittag angemessene Portionen von beiden Lieblingsessen schaffen? Ich wurde nicht misstrauisch. Meine Mutter wedelte warnend mit Zaunpfählen, aber ich war blind. Bente schlug im Flur auf den Gong. Und segne, was du uns bescheret hast, Amen. Jetzt musste ich mich entscheiden: Bohnensuppe oder Schinkennudeln. »Halt, danke, das reicht!«

Ich aß eine halbe Kelle Bohnensuppe und wartete. Mein Magen knurrte, ich freute mich, dass darin noch so viel Platz war und stellte mir vor, wie viele Portionen Schinkennudeln ich gleich essen konnte. I am waiting for bacon-noodles. Aber meine Mutter tat sich noch einmal Bohnensuppe auf, Bente und Ekbert genauso, Herr Glinka ebenfalls, und ich wurde einfach nicht misstrauisch. Frau Glinka stichelte gegen die Leibesfülle ihres Mannes, dann lächelte sie wie gemeißelt zu mir herüber und sagte: »Wir warten auf die Schinkennudeln, nicht?« Da wurde ich misstrauisch. Zu spät.

Die Schinkennudeln schmeckten nicht. Ich hatte einen Riesenhunger, und die Schinkennudeln schmeckten nicht.

Eine trockene Auflaufmasse, die sauer roch und nach Muskatnuss. Ein Klotz, der von einer mürben Joghurtpampe zusammengehalten wurde. Nudeln, die überstanden, waren dunkelbraun mumifiziert. Die Schinkenstreifen faserig und zäh. Bente ging in die Küche und kam mit einer großen Flasche Ketschup wieder. Ich aß. Gabel für Gabel. Ohne Ketschup. Langsam kauen. Gut einspcicheln. Schlucken. Nur nichts anmerken lassen. Ich verstand die Welt nicht mehr. Ich schaute Bente fragend an. Er lenkte meinen Blick zu Frau Glinka. Ich schaute meine Mutter fragend an. Sie schaute zu Frau Glinka. Ekbert und Herrn Glinka, wen ich auch ansah mit fragenden Augen, in denen man wahrscheinlich »Why?« lesen konnte; Augen, in denen ein Soldat die Arme hochriss und tödlich getroffen zusammensank; wen ich mit diesen Augen auch ansah, alle schauten sie zu Frau Glinka. Und mir ging ein Licht auf. Meine Mutter, beste Köchin der Welt und allerbeste Schinkennudelbraterin des ganzen Universums, hatte diese Schinkennudeln nach einem von Frau Glinka herbeiphantasierten »Rezept« zubereitet. Zwiebeln, Schinken, Nudeln: Herrgott, seit wann brauchte man für Schinkennudeln ein Rezept?

»Du nimmst noch eine schöne Portion, nicht?«, befahl Frau Glinka. Ich nickte. Und aß. Hatte ich den ersten Teller noch gegessen, weil ich so großen Hunger hatte, und weil es doch nun mal Schinkennudeln waren, so aß ich den zweiten Teller aus Höflichkeit Frau Glinka gegenüber. Höf-lich blei-ben, kaute ich, höf-lich blei-ben. Ich war zwar nur der Sohn der Hausangestellten, aber ich kannte meine *Roots*, auch meine kulinarischen, und ich war stolz wie Kunta Kinte. Und das hier waren keine regulären Schinkennudeln, das waren Klavierspielerschinkennudeln, Lateinlehrerschinkennudeln, und meine Mutter war – offensichtlich gegen besseres Wissen – dazu gezwungen worden, diese Muskatnussjoghurtsoßenkonvertitenschinkennudeln zuzubereiten. Höf-lich blei-ben. Diese Frau war dem religiösen Wahn verfallen. Sie wollte uns da mit hineinziehen. Uns vergiften. Uns da mit hineinziehen, indem sie uns vergiftete. Höf-lich blei-ben. Ich würde uns alle retten. Ich nahm die dritte Portion. Alle retten. Indem ich höflich blieb. Indem ich weiteraß. Indem ich diese vertrocknete, pietistische Schuldbewusstseinsjoghurtmasse in mich hineinstopfte. Ich aß einfach Frau Glinkas Waffe auf. Mir wurde ein bisschen schlecht. Die vierte Portion. Höf-lich blei-ben. Etwas Saures stieg die Speiseröhre hoch, viel saurer als der Joghurt. Ich schickte ihm einen Bissen Schinkennudeln entgegen. Höf-lich blei-ben. Das Saure war stärker. Es waren die zerkauten, gut eingespeichelten Schinkennudeln. Noch war Platz in meinem Mund. Ich hörte auf zu essen. *Pling*, machte der Speiseröhrenfahrstuhl. Oberstes Stockwerk, alles aussteigen! Jetzt wurde es eng in der Mundhöhle. Da musste man eben etwas zusammenrücken, Platz war in der kleinsten Hütte. Und wieder, *pling*, alles aussteigen. Ich saß unbeweglich da, hatte die Gabel auf den Teller gelegt, konzentrierte mich, die Hände lagen auf dem Tisch, hielt den Mund geschlossen, presste den halb verdauten Essensbrei in den Rachen, in die Nasenhöhle, schon wieder: *Pling*, alles aussteigen, in die Stirnhöhle, das kitzelte.

Durch Nasenlöcher und zusammengepresste Lippen spritzten zwei Portionen Schinkennudelbrei ins Esszimmer der Familie Glinka. *Pling*, alles aussteigen. Die dritte Portion konnte ich schon fast vollständig auf meine Stoffserviette lenken. *Pling*. Eine halbe Kelle Bohnensuppe. *Pling*. Reste von Salamibrot. Etwas Rotes mit kleinen Kernchen. Erdbeermarmelade. Der Aufzug, der meine Eingeweide mit dem Mund verband, transportierte unablässig Fahrgäste nach oben. Bald waren Substanzen dabei, die ich beim besten Willen nicht mehr identifizieren konnte, ganz am Ende – *pling* – glitzerten orangene Bonbonsplitter in der galliggrünen Flüssigkeit. Höf-lich blei-ben. »Danke«, sagte ich zu Frau Glinka. Die rutschte auf ihrem Stuhl zurück, sagte »Sooo«, stand auf und stakste mit gerecktem Hals hinaus. Meine Mutter holte Eimer und Lappen. Ekbert begann zu kichern, fing laut an zu lachen und kriegte sich gar nicht wieder ein. Herr Glinka stand am Fenster und löffelte Vanillepudding mit Kompott, während er die Kotzespritzer an den Scheiben musterte.

»Ich geh zum Irrenarzt«, sagte Bente »und du kotzt hier auf den Tisch.«

»Die Menschen sind eben verschieden«, sagte Herr Glinka. (Mit vollem Mund!)

Ich dachte an Herrn Hofer, dessen Bauch der Krebs so durcheinander gebracht hatte. Herr Hofer, der letztlich an allem schuld war.

Bevor der Herbst richtig nass und grau werden konnte, fiel der erste Schnee, und meine Mutter trat eine neue Stelle an, als Verkäuferin in einer Metzgerei. Nebenbei wurde sie in die Geheimnisse der Leberkäseherstellung eingeweiht, und bald hörte sie auf, Leberkäse zu essen. Kurz vor Weihnachten war der taubstumme Herr Wagner wieder da, aber er interessierte sich nicht mehr für mich. Er schenkte mir keine Nimm-Zwei-Bonbons mehr, nicht einmal die gelben, und wenn wir auf dem Trottoir, Schneelicht von allen Seiten, mit Mütze, Schal und Handschuhn dick verpackt aneinander vorbeigingen, als ob wir uns nicht kennen würden, dann lächelte er nur ganz kurz und entschuldigend. Ich wusste nicht, ob sie ihn jetzt kuriert hatten, oder ob ich inzwischen einfach zu alt für ihn war.

## Jobbergeschichte

Wir Jobber steckten Drähte und Spiralen ineinander, legten kleine Plastikscheibchen in ovale rot lackierte Teile aus Metall, und am Ende des Bandes saß Mehdi, der bohrte mit der Maschine ein Loch durch die Eier, dann war das Ding fertig. In den ersten Wochen hatte ich mich noch bemüht herauszufinden, was ich da eigentlich herstellte, um der Arbeit etwas von ihrer Entfremdung zu nehmen oder so ähnlich. Das Teil sei wohl für Automotoren, sagte der eine, ein Politikstudent aus Sierra Leone, es spiele eine wichtige Rolle im Vergaser. Es sei für den Export nach Japan, sagte der polnische Religionswissenschaftler, dort würde es von gewissen shintoistischen Sekten kultisch verehrt. Klar war nur, dass die fertigen Teile ziemlich teuer waren. Man munkelte etwas von 300,– Mark pro Stück, aber genau wusste es niemand. Die Eier waren unterschiedlich groß, das wechselte von Woche zu Woche. Der Vorarbeiter stellte die Maschinen passend ein, und wir mussten alle Handgriffe exakt so ausführen, wie er es anordnete. Er genoss es, Anweisungen zu geben. Bald würden diese Studenten die Universität verlassen und mit ihren wirren Theorien im Kopf die Chefs spielen, aber hier, in der Welt der Praxis, hatte immer noch er das Sagen. Sein liebster Spruch: »Ihr werdet hier nicht fürs Denken bezahlt, sondern fürs Arbeiten.« Einer vom ganz alten Schlag. Kooperativer Führungsstil, das war für ihn irgend so eine schwule Schweinerei.

Eines Morgens, es war kurz nach sieben, rief Mehdi, der Exiliraner, den Vorarbeiter: »Die Maschine ist falsch eingestellt.« Der Vorarbeiter sagte: »Das kannst du gar nicht wissen, du dussliger Türke. Arbeite weiter.« Gegen acht rief Mehdi wieder nach dem Vorarbeiter: »Guck doch mal, die Maschine ist falsch eingestellt. Der Bohrwinkel ist zu steil. Ich denke, wenn man …« Der Vorarbeiter sagte: »Du wirst hier nicht fürs Denken bezahlt, sondern fürs Arbeiten.« Mehdi bohrte. Er bohrte und bohrte, 120 Eier in der Stunde. Er grinste vor sich hin, und manchmal schüttelte er ungläubig den Kopf. »Ausschuss«, sagte er. »Leute, gebt euch keine Mühe«, sagte er zu uns, »ich mach eure Arbeit eh zu Schrott. Das ist alles Ausschuss.« Er gluckste leise. Wir waren gespannt, wann sie es merken würden. Sie merkten es eine halbe Stunde vor Feierabend. Der Abteilungsleiter brüllte, als wäre er in die Metallpresse gefallen. Mehdi fegte schon seine Maschine, als die Hierarchie sich vor ihm aufbaute: der Abteilungsleiter, der Meister, der Vorarbeiter. Er habe doch gesagt, dass die Maschine falsch eingestellt sei, sagte Mehdi. Woher er denn so etwas wissen wolle, wollte der Vorarbeiter wissen. Mehdi sagte: »Na ja, ich studiere im achten Semester Maschinenbau.« Der Abteilungsleiter fragte Mehdi mit Tränen in den Augen, ob er sich eigentlich klar darüber sei, dass er heute für eine Viertelmillion Mark Schrott produziert habe? »Ach, doch so viel?«, sagte

Mehdi, und wir Umstehenden überschlugen die Rechnung im Kopf. Dann kam das ja in etwa hin mit den 300 Mark pro Stück.

## Das schmutzige Schweinsnäschen

In Cottbus stand ein Mann vor Gericht, der hatte Steine auf die Autobahn geworfen. Aus Langeweile. Er machte das ein ganzes Jahr lang, immer wieder. Die Anklage lautete auf Mordversuch in 15 Fällen. Der Mann sagte, er hätte große Angst gehabt, erwischt zu werden. Aber die Langeweile sei stärker gewesen. So stand es in der Zeitung. Anlass genug, festes Schuhwerk anzulegen und wieder einmal hinauszugehen in diese merkwürdige Welt, in der die Produktivkräfte und der Massenkonsum ihren Schabernack trieben. Dabei stieß ich zuerst auf einige beachtliche Phänomene und dann auf Kopfschuss-Klaus.

Früher hieß er Bomben-Klaus. Wenn er etwas sagen wollte, schnürte ihm die Schüchternheit den Hals zu, und das Blut staute sich in seinem Kopf zur knallroten Bombe. Er schaute einem nie in die Augen, sondern haarscharf am Gesicht vorbei aufs linke Ohr. Er war oft sehr schlecht gelaunt. Dann sagte er: »Axiom: Nur schlechte Menschen haben gute Laune.«

Klaus war ein Fan des Unabombers. Der Unabomber übte damals in Amerika Zivilisationskritik, indem er Briefbomben an Leute schickte, die er nicht leiden konnte: Wissenschaftler, die an etwas forschten, was ihm nicht gefiel. Werbefuzzis, die Reklame für die falsche Firma machten. Seine Bomben bestanden aus gebrauchten Drähten und Metallresten, die er in selbst geschnitzte Holzkästchen einbaute. Ökobomben. Wenn sie nicht so gesundheitsschädlich gewesen wäre, hätte man sie auch im Bioladen verkaufen können.

Der Unabomber hatte ein langes Manifest geschrieben und versprach, keine Bomben mehr zu basteln, wenn die Zeitungen dieses Manifest veröffentlichten. Bomben-Klaus besorgte sich die *Washington Post*, die den Aufsatz in einer Beilage abdruckte, studierte den Text und übersetzte ihn ins Deutsche. Wir sollten ihn alle lesen, Bomben-Klaus wollte unbedingt darüber diskutieren. Wir diskutierten darüber, so wie wir es an der Uni gelernt hatten, über Texte zu diskutieren, die wir nicht gelesen hatten. Bomben-Klaus sprach von Ralph Waldo Emerson und Henry David Thoreau, vom Leben in den Wäldern und von der Pflicht zum Ungehorsam gegen den Staat, und sein Blick schweifte durch die Runde von Ohr zu Ohr. Einzig Matze, der Medizin studierte, hatte das Manifest gelesen, aber seine kaltherzige Diagnose – »Paranoia und Schizophrenie« – konnte er nur mit völlig aus dem Zusammenhang gerissenen Textstellen belegen, während wir anderen darauf bestanden, dass man das Manifest unbedingt als Ganzes sehen musste, vor allem aber im Kontext.

Bald darauf hatten sie den Unabomber, 18 Jahre nach dem ersten Anschlag. Ein Eremit mit filzigen Haaren und Zottelbart, ein Matheprofessor, der von Berkeley weggegangen war, um in einer winzigen Hütte in den Wäldern Montanas zu leben. Sein Bruder hatte das Manifest gelesen. Er hatte Gedanken und Stil erkannt und war zur Polizei gegangen.

Klaus fühlte sich dem Unabomber noch näher als vorher. Hatte nicht auch er sein Studium abgebrochen? War nicht auch er gern und oft allein im Grünen, vor allem an den Wochenenden? Ja, das war er, und manchmal veröffentlichte er sogar wütende Gesellschaftsanalysen, die man auch dann noch auf der Leserbriefseite der *taz* studieren konnte, als wir uns schon längst wieder aus den Augen verloren hatten. Ich beschäftigte mich nicht mehr so intensiv mit Politik, sondern verbrachte den Tag lieber mit Nachdenken. Draußen in der Welt ereigneten sich allerhand große und kleine Havarien, aber ich ging nur gelegentlich hinaus, um als Schaulustiger die Aufräumungsarbeiten ein wenig zu behindern.

Die beachtlichen Phänomene warteten diesmal bei Kaiser's und bei Netto auf ihren Entdecker. Hier sind sie: Wenn man bei Kaiser's den guten Cognac will, muss man erst an der Kasse danach fragen. Ich weiß nicht, was dann im Detail vor sich geht. Vermutlich stöhnt die Kassiererin kurz auf, schließt ihre Kasse zu, steigt aus ihrem Kabäuschen, verschließt das Kabäuschen und folgt mir zum Schnapsregal. Ich zeige anklagend auf die Pappschachtel, die ihrer Seele beraubt auf dem Bord steht, die Kassiererin nickt und verschwindet in der geheimnisvollen Tiefe des Raumes hinter der Pfandflaschenannahme. Dort steht ein Tresor. Der junge Chef mit dem Aknegesicht muss kommen und den Schnapsschrank aufschließen, die Kassiererin quittiert den Empfang einer Flasche guten Cognacs, trägt die Buddel nach vorn, an der Warteschlange vorbei, schließt ihr Kabäuschen auf, schließt ihre Kasse auf, und um zu verhindern, dass sie jetzt gleich »Storno!« ruft, muss ich ihr schnell klarmachen, dass ich doch nur mal sehen wollte, was eigentlich passiert, wenn man sie nach dem Cognac fragt.

Bei Kaiser's ist es der Schnaps, der über 30 Mark kostet und vor geschmackssicheren, aber finanzschwachen Trinkern geschützt werden muss. Bei Netto, etwas weiter oben auf der Schönhauser Allee, sind es bestimmte Kaffeesorten. Jacobs Krönung (DM 7,99), Jacobs Meister Röstung (DM 6,49) und Dallmayr Prodomo (DM 7,99) bekommt man nur an der Kasse. Netto ist der Lieblingsladen der Studenten-WGs und der trockenen Alkoholiker.

Die Selbstbedienungssupermärkte in der Innenstadt verwandelten sich also nach und nach wieder in Tante-Emma-Läden, und ich nahm das als Indiz dafür, dass der so genannte Turbokapitalismus seine größte Ausdehnung nunmehr erreicht hatte und sich jetzt wieder zusammenzog, um demnächst in einer Implosion, von der man noch lange sprechen würde, uns alle ins Verderben zu reißen. Ich kramte mein Holzhandy aus der Jacke, und im Hinausgehen brüllte ich auf die aufgemalten Mikrofonpunkte: »Verkaufen! Das geht alles den Bach runter! Alles verkaufen! Heute noch! Und dann will ich mein Geld zu Hause haben! Alles, und zwar in kleinen Scheinen!«

Dann sah ich Bomben-Klaus. Er stand auf der anderen Straßenseite, vorm Eingang der Einkaufspassage. Ich hatte lange nichts von ihm gehört. Bis zu jenem Tag, als Matze, der Arzt, von einem »Kopfschuss-Klaus« erzählte.

»Kopfschuss-Klaus?«, fragte ich.

»Ja, der ist jetzt aus der Reha. Hat sich total verändert. War ja zu erwarten.«

Klaus hatte nach der Festnahme des Unabombers versucht, sein detailliertes Wissen über den amerikanischen Anarchismus zu Geld zu machen. Er schrieb Porträts des Unabombers, reiste nach Montana und besuchte die Eigenbrötler in ihren Holzhütten, aber seine Reportagen wollte keine Zeitung drucken. Klaus konnte sich noch so sehr anstrengen, er traf einfach nicht den süffisanten Ton, in dem Zeitungsartikel über solche Leute verfasst sein mussten. Seine schlechte Laune wurde chronisch, und mehrmals täglich sagte er: »Axiom: Nur schlechte Menschen haben gute Laune.«

Klaus ging noch einmal nach Montana, und diesmal wurde aus Bomben-Klaus Kopfschuss-Klaus. Er steckte sich eine Pistole in den Mund und drückte ab. Der Winkel war viel zu steil. Die Kugel durchschlug den Gaumen und stieg senkrecht nach oben, knapp hinter dem Gesicht, hinter der Nase hoch, zwischen den Augen durch, durch den vorderen Teil des Gehirns, und oben auf der Stirn, knapp unter dem Haaransatz, trat sie wieder aus. Klaus fuhr noch selbst in die Klinik, wie mit einer Platzwunde, die einfach nicht aufhören wollte zu bluten. Er wurde am Kopf operiert, und nach einem halben Jahr in der Reha war er fast wieder ganz gesund. Eine winzige Beeinträchtigung blieb. Die Mediziner nannten sie »Frontalhirnsyndrom«. Die Kugel hatte bei ihrer Tunnelung des Gehirns nur ein paar Neuronen zerstört, aber es waren ausgerechnet die, in denen die Scham saß und die Fähigkeit zur Distanz zu anderen Menschen. Klaus konnte so gut oder so schlecht schreiben, rechnen, denken und sprechen wie vor der Verletzung. Er litt nur unter ein paar Symptomen, die immer wieder durchbrachen. Anzügliche Reden, Grapschen, grundlose Euphorie, Reizbarkeit, Witzelsucht. Als Matze »Witzelsucht« sagte, musste ich lachen und fühlte mich ertappt. Witzelsucht, das kannte ich gut. Und das kam tatsächlich von einem Gehirnschaden?

Kopfschuss-Klaus ging vor den Allee-Arkaden auf und ab. Ich musste erst an einem braun gebrannten Kerl mit gegelten Haaren vorbei, der mich von der Seite anmurmelte: »Mannesmann Arcor! Mannesmann Arcor!« Ich zeigte ihm mein Holzhandy und erklärte die Funktionen »Rumtragen«, »In der Hand halten« und »Briefbeschwerer«. Eine dünne Blonde in rosa Leggins warb für ein neues Fitnessstudio. Sie führte gymnastische Übungen vor und warf Handzettel nach links und rechts und eins und zwei und vor und zurück. Dann rannte ich gegen eine Wand voller winziger Buchstaben, und eine Frauenstimme fragte: »*Berliner Zeitung*, gratis?« Ich griff nicht nach der Zeitung, denn wenn man das machte, ließ die Frau die Zeitung gar nicht los, sondern wollte die Adresse wissen, und wenn man die nicht gleich rausrückte, gab das immer ein peinliches Gezerre, und man kam sich so gierig vor. Ich duckte mich unter der Zeitung durch, und als ich wieder auftauchte, stand ich vor Kopfschuss-Klaus. »Haste Barclay in der Tasche, haste immer was zum Naschen.« Klaus machte Reklame für Kreditkarten. »Kommse ran, junger Mann.« Grinsend zog er mich unter seinen Sonnenschirm.

Er fächerte die Autobildchen und die Villenfotos auf und erklärte das Artensystem der Kreditkarten. »Classic, das ist der schnelle Quickie zwischendurch.« Er kicherte. »Gold, da reicht's dann schon für 'n Gläschen Sekt vorneweg.« Er bleckte die Zähne. »Und hier, die Barclay-Platinum, das ist der Fünf-ster-ne-puff!« Kopfschuss-Klaus stand windschief unterm Sonnenschirm und hielt sich den Bauch vor Lachen. Ich hatte nicht den Eindruck, dass er diesen Job lange machen würde. Plötzlich war er still, schraubte wütend seine Augen in meine und sagte mit gepresster Stimme: »Lächle doch mal.« Ich lächelte: »Axiom: Nur schlechte Menschen haben gute Laune.« Klaus erkannte mich endlich, er lachte und schluckte und lachte wieder und begann ein ausführliches »Was bisher geschah«.

Vor der Sparkasse stand inzwischen eine lange Schlange von Leuten mit Koffern und Tüten. Einer rief. »Den Bach geht das alles runter! Ich will mein Geld zu Hause haben!« Ängstlich glotzende Kinder trugen ihre frisch gefüllten Sparschweine und Sparhamster aus der Bank. Die Implosion nahm ihren Lauf und das war gut.

Klaus erzählte ohne Pause. Unter seiner hochgesteckten Sonnenbrille wölbte sich der kreisrunde Wulst eines vernarbten Pistolenkugelaustrittskraterchens. Der Staub der Schönhauser Allee sammelte sich darin. Die Narbe sah aus wie ein schmutziges Schweinsnäschen, auf dem die Sonnenbrille saß. Klaus trug ein zweites Gesicht auf der Stirn.

»Ja, schon«, sagte ich, um die Rede nun an mich zu reißen, »aber!« Und dass es doch ein erheblicher Unterschied war, ob man wie der Unabomber einflussreiche Mitglieder einer beschissenen Gesellschaft in die Luft blies oder wie er, Klaus, mehr oder weniger einflussreiche Teile des eigenen Gehirns. Klaus sagte: »Ich war halt eher so'n introvertierter Typ.« Eigentlich habe er sich ja die Pulsadern aufschneiden wollen, aber er habe sich nicht getraut, bei Kaiser's an der Kasse nach den Rasierklingen zu fragen.

Ich beantragte eine Barclay-Platinum-Kreditkarte, und Klaus lud mich von der Provision, die er sicherlich bekommen würde, ins Kino ein. »Sleepy Hollow«, ein Gruselfilm mit Jonny Depp, den wollte er unbedingt noch einmal sehen. In dem Film gab es zwei Sorten Witze: Johnny Depp hat ganz lustig Angst oder Johnny Depp fällt ganz lustig in Ohnmacht. Kopfschuss-Klaus freute sich über das Blut, das nur so von der Leinwand spritzte, und jedes Mal, wenn wieder ein Kopf abgehackt wurde und durch den Staub kullerte, fiepste Klaus vor Vergnügen, rief laut »Jawollo!«, und zu mir sagte er leise: »Siehste, der hat jetzt gar keinen Kopf mehr. Der hat's auch nicht leicht.« Und damit hatte er natürlich auch wieder Recht.

## Andreas Gläser

Geboren 1965 in Berlin, Tiefbauer, momentan kein Freizeitloser, der ziellos in den Tag hineinarbeitet, 1995 erste Veröffentlichungen in Fußball-Fanzines, seit 1998 häufige Beteiligung an Leseshows, Mitbegründer der allwöchentlichen Leseshow »Chaussee der Enthusiasten« und der Zeitschrift »Brillenschlange«. Seine wichtigsten Publikationen sind seine gesammelten Werke namens »Jan Schlendrians BFC-Verherrlichung« sowie »Baufresse«.

## Neue Schuhe – Neue Arcaden

Irgendein sonniger Spätnachmittag. Ich sitze missgestimmt zu Hause rum. Qualen stehen mir bevor. Ich muss meine neuen Schuhe einlaufen. Im Laden haben sie noch gepasst. Schwarze Schuhe ohne Schnörkel, schick und zeitlos, für die Weltumwanderung, dachte ich. Doch es wird nichts mit In-die-Schuhe-Schlüpfen und Die-Straßen-Runtertänzeln, nein, das merke ich schon während des Hineinquälens! Mit jedem Schritt wird das Leder am Hacken rumschaben. Zumindest am rechten Fuß. Am linken Fuß habe ich den Schuhanzieher nicht mehr rausbekommen.

Mit steifen Knien und steifen Füßen eiere ich die Treppe hinunter, ungelenk und wankend wie ein besoffener Storch, unter leisem Geächze. »Äh … äh … äh …« Das fällt im allgemeinen Geschrei noch gar nicht auf, denn im Parterre hat ein halbes Dutzend Rentner einen Schuljungen am Kragen erwischt. So einen hyperaktiven JVA-Kandidaten. Ich denke, hm, der wird wohl rumgesprüht haben, weil die Rentner Gleiches mit Gleichem zu vergelten scheinen. Jedenfalls sehe ich, wie sie ihn festhalten, sodass sie auf seine »New-York-Giants«-Bomberjacke etwas aufsprühen können. Das Resultat liest sich wie »Weddinger Flitzpiepe«. Ich denke: Oho, ganz schön auf Zack, diese autonome Volkssolidarität. Die machen ja in letzter Zeit häufig von sich reden, auch zu Recht. Für die Umbenennung der Danziger Straße in Communikationsweg, wie die Straße von 1822 bis 1874 hieß. Manchmal mischen sie auch eine Schallplattenbörse auf und skandieren Pro-Schellack-Parolen! Und nun besprühen sie schon diese Weddinger Flitzpiepen!

Vorsichtshalber grüße ich freundlich: »Guten Tag.« Sie nehmen mich nicht wahr. Notgedrungen wiederhole ich mich »Guten Tag!« und füge hinzu. »Ich bin's. Gläser. Vorderhaus, zweiter Stock.« Einer wendet sich zu mir:

»Ja, hab'n Sie nicht sonst 'ne Brille?«

»Nein. Ich hab mich rasiert.«

»Ach! Das ist aber fein. Wohnen Sie überhaupt hier?«

»Ja, guten Tag, ich bin's, Gläser, Vorderhaus, zweiter Stock.«

»Jaja, haun Sie bloß ab!«

Ah, Glück gehabt. Während dieser Anspannung vergesse ich vorübergehend meine schmerzenden Füße und gehe schließlich die Kopenhagener Straße runter, hin zu den *Schönhauser Allee Arcaden*. Schön, schöner, *Schönhauser Allee Arcaden*, garantierter Einkaufsspaß auf drei Etagen in über 90 Geschäften. Blasse Weltverbesserer, die den Untergang ihrer gewachsenen Kiezstrukturen herbeiredeten, wurden vor der Eröffnung in den umliegenden Jazzkellern inhaftiert. Um die tuschelnde Mehrheit der Bevölkerung zum Schweigen zu bringen, gab Wolfgang Thierse, der sympathische Pankower Christdemokrat von den Weddinger Bündnis-Grünen, den Kindern schulfrei. Die Eröffnung war wie ein kleiner Mauerfall! Für uns alle. Auch für die zehn Halbwüchsigen, die auf dem Vorplatz rumlungern. MTV hat ihre Sinne verwirrt, denn sie sind modern angezogen, halb Ghetto-Kid, halb Hooligan. Obwohl sie scheinbar von hier kommen, sprechen sie in gebrochenem Deutsch. Unvermittelt gestikuliert einer von ihnen vor mir epileptisch herum und ruft: »Ey, geil Alter, wa! Wer raucht, der auch bumsen, wa Alter, geil!« Ich antworte: »Jaja, jeder kann es sehen, du bist hier der Chef.«

Das hört er gerne, deshalb erzählte ich weiter:

»Als du ungefähr minus sieben warst, habe ich die erste deutsch-jordanische Jugendbande angeführt. Mitte der Siebziger, im Prenzlauer Berg. Wahrscheinlich sind wir bis heute und in alle Ewigkeit die einzige deutsch-jordanische Jugendbande überhaupt! Meine kleine Schwester und ich sowie Mario und seine beiden jordanischen Halbschwestern. Wir haben immer auf'm Bürgersteig mit Kreide rumgemalt, so wie die Polizei es immer nach Verkehrsunfällen macht, wenn ein Toter auf'm Asphalt liegt. Die Umrisse von demjenigen mit Kreide markieren und so. Einmal hatten wir einen Verkehrsunfall dargestellt, dem eine ganze Schulklasse zum Opfer fiel, so etwa 20 Kinder, meistens mit einem Arm oder Bein weniger, dafür aber noch mit Schulranzen oder Zuckertüte!«

Inzwischen staunen meine Halbwüchsigen. Ich lege nach:

»Wir waren auch ganz schön frühreif! Meine Schwester war pikiert, weil Mario an ihr so rummachte. Doch ich beruhigte sie. Für mich war das in Ordnung, weil Mario mir zwei orientalische Prinzessinnen geboten hatte. Meine Schwester beschwerte sich bei unserer Mutter, die wiederum nur meinte: ›Ach Kinder, malt doch mal wieder was Schönes!‹ Das war damals, als du ungefähr minus sieben warst, du Weddinger Flitzpiepe! Du denkst wohl, du bist hier der Chef?«

Umgehend offenbart sich vor mir eine Wegschneise, halleluja! Rein in die Arcaden, die Rolltreppe hoch ins erste Obergeschoss, direkt ins Eiscafe, anstehen, auf die Eisdielerin warten. Unter Qualen ziehe ich meinen Schuhanzieher raus und stochere damit ein wenig in der Eiscreme herum. Umgehend werde ich bedient:

»Mein Herr, Sie wünschen?«

»Ja, einen Eisbecher… irgendeinen Eisbecher… meinetwegen einen Eisbecher in den Farben des Logos vom Heimwerkermarkt!«

Freundlich antwortet sie »Wie Sie wünschen«, während sie meinen Schuhanzieher souverän in den Müll wirft. Wahrscheinlich wurde sie in New York ausgebildet. Jetzt träumt sie hier von einem eigenen Eiscafé, einer Oase der Gewaltlosigkeit, der Realität zum Trotz. Während ich einen friedlichen Sitzplatz suche und auch finde, denke ich: Ach, dieses arme Mädchen! Sie hat keine Arbeit und auch keine Freizeit. Nur immer solche Jobs. Wahrscheinlich muss sie auf Abruf verfügbar sein und das für einen Hungerlohn, tagein, tagaus, übermüdet, oft zu spät kommend, um sich von ihrem Chef anzuhören: »Schon wieder zu spät? Welche Ausrede haben Sie denn heute?« Worauf sie vielleicht antwortet: »Eine Ausrede habe ich nicht, aber ich kann Ihnen erzählen, wovon ich geträumt habe!«

Ja, so sind sie heutzutage, die armen Mädchen. Sie finden Gregor Gysi sexy und verbauen sich ihre ganze Zukunft! Bei ihnen ist das Trinkgeld gut angelegt, auch wenn man es abschreiben kann. Ringsum an den Nachbartischen sitzen viele Mädchen. Obwohl sie erst ungefähr 17 Jahre alt sind, bewundern sie schon Rockgruppen! Bevor sie auf deren Konzerte gehen, schminken sie sich, damit sie aussehen wie Sechsjährige! Schön, schöner, *Schönhauser Allee Arcaden*. Deutschland müsste überall so sein! Und da ist ja schon wieder meine Eisdielerin: »Mein Herr, Ihr Eisbecher in den Farben des Logos vom Heimwerkermarkt, bitte schön!«

»Iiihhh! Was ist das? Na ja, trotzdem danke!«

Sicherlich ist das Eis kalt genug, um meine Füße zu kühlen.

»Hier, 20 Mark, stimmt so! Äh, Ihre Bulimie steht Ihnen ausgezeichnet!«

»Hm, interessant«, flötet sie, während sie ihre Äuglein verdreht und geht. Na, ist ja nicht so schlimm. Ich lasse meinen Eisbecher stehen und stelze die Kopenhagener Straße hoch. Zu Hause, auf dem Korridor liegend, die neuen Schuhe abstreifend, finde ich von meinen Hacken nur noch Reste vor. Blutverschmierte Knochenstückchen wie in Ketchup schwimmende Cashewkerne. Irgendwie nicht so gut, genau wie diese *Schönhauser Allee Arcaden*.

## Der kleine Preuße

Es ist nur ein normaler Abend am Anfang einer Woche. Das Einzige, was auf meinem Kulturkalender steht, ist das Beantworten einiger Postkarten und das Einwerfen selbiger in den Briefkasten. Ich drehe also noch eine Runde. So in Richtung »Der kleine Preuße«. Diese Kneipe kenne ich bisher nur vom Hörensagen. Maik und Ronny, zwei studentische Lila-Laune-Berliner, hörte ich sagen, dass sie einmal mit einem schönen Abend im Zillemilieu geliebäugelt hatten und in diese Kneipe eingekehrt waren. Froh gelaunt hatten sie ihre Studienmaterialien auf einem Tisch ausgebreitet. Dann ging Maik zum Zigarettenautomaten und Ronny zur Theke. Als sie wieder Platz nehmen wollten, befanden sich ihre Bücher und Hefte schon auf dem Gehweg. Immerhin waren sie etwas länger drin. Was soll's? Mir wird man mehr Zeit zugestehen. Ein kleines Bier und Tschüss.

In der Kneipe befinden sich fünf Leute. Ein jüngerer Wirt hinter der Theke und davor zwei Männer, die vermutlich nicht wissen, ob sie voneinander etwas wollen. Ein Pärchen, mit vom Suff aufgedunsenen Grimassen, malträtiert den Dartautomaten. Die sind alle nicht ernst zu nehmen … Ich beginne mit meiner Schreiberei. Der Mann mit den Darts in der Hand beugt sich über meinen Tisch und fragt mich freundlich:

»Biste Student?« Wahrheitsgemäß antworte ich: »Nee, ick bin Andreas. Und du wohnst doch bei mir im Vorderhaus, Parterre, stimmt's?« Er heißt Detlef und findet, es wäre ein Ding, dass wir im selben Haus wohnen. Er fordert mich auf, mit ihnen Dart zu spielen: »Los!«

»Warum nicht?«

Sein Sabinchen hat meine Antwort falsch verstanden. Sie wankt heran und poltert: »Warum nicht!?« Nun beugt auch sie sich zu mir und verteilt mein Bier über den Tisch. Ich bade gerade meine Hände drin. Sowie meine Postkarten. Zum Briefkasten muss ich also nicht mehr. Detlef herrscht sein Sabinchen an. »Lass den Student in Ruhe!« Ich sage: »Schon jut, kann jedem mal passiern. Ick jeh mir ma' die Hände waschen.« Als ich von der Toilette zurückkomme, also an der Theke vorbei, merke ich, dass es sich bei einem von den zwei Männern, die nicht wissen, ob sie etwas voneinander wollen, um eine Frau handelt. Sie macht mich an: »Haste dir wenichstens die Hände jewaschen, du Sau?« Na ja. Aggressive Hygienehyänen darf ich nicht schlagen, aber immerhin darf ich sie so scharf anschauen, als ob ich es gleich tun würde. Sie schweigt. Das war aber eine kurze Romanze.

Mit meinen Hausgenossen spiele ich fröhlich Dart: »Los Detlef! Du bist dran!« Es macht mir nichts aus, dass sein Sabinchen ihm ständig in den Ohren liegt: Er sollte sich mal fragen, weshalb er nur bei der Müllabfuhr arbeitet. Und überhaupt, wie kann man nur Parterre wohnen? Was will sie denn? Er hat es doch geschafft. Detlef ist dennoch ein bisschen demoralisiert. Er sagt zu mir: »Nimm die Olle mit, kannste ficken!« »Nee, Detlef. Du bist dran.« Sabinchen wendet sich zu ihm und fragt: »Machstma immer noch Vorwürfe, weil ick ditt Bier umjekippt habe?« Ich versuche zu schlichten: »Nee, niemand macht dir Vorwürfe. Kann jedem mal passiern.« Es nutzt nichts, Sabinchen antwortet. »Er ist ein Niemand! Wenn ick mir die Wohnung ankieke, weeß ick allet.« Na ja. Eigentlich ist sie doch die Hausfrau. Immerhin ist sie keine Frau, bei der ich schlauer erscheinen müsste, als ich bin. Und wenn ich sie in meiner Wohnung hätte, würde sie garantiert nicht mit diesem Gelaber anfangen, dass wir uns länger kennen müssten oder dass sie ihre vorangegangene Beziehung noch nicht ganz aufgearbeitet hätte. Ich habe nichts gegen Frauen aus solchen Kneipen. Es reicht ihnen, dass ich da bin. Und am nächsten Morgen fahren sie nach Dresden, Paris oder Tempelhof. Von Sabinchen will ich aber wirklich nichts. Wahrscheinlich legt sie Wert darauf, dass ich, genauso wie Detlef, mit ihr bei geöffneten Fenstern rummache. Damit der ganze Hof was davon hat. Mir wäre das unangenehm. Außerdem reicht es mir schon, wenn Detlef und Sabinchen ihre Freunde, die jeden Tag vor dem Gemüseladen ihr Bier trinken, zweimal in der Woche in ihre Parterrewohnung einladen und bei geöffnetem Fenster herumkrakeelen. Ich will diese Bande nicht in meiner Wohnung! Das geht mir zu weit! Es reicht mir völlig, im »Kleinen Preußen« ein paar Bier zu trinken, ohne eins in die Fresse zu kriegen.

Inzwischen hat sich der männliche Part des Pärchens vor der Theke aus dem Staub gemacht. Der Wirt hat Angst, dass wir drei auch gehen. Er möchte mit dieser aggressiven Hygienehyäne nicht alleine sein. Sie hat hier schon oft randaliert. Von jetzt an trinken wir auf Kosten des Hauses. Schließlich geht auch der weibliche Part des Pärchens, das nie etwas voneinander wollte. Der Wirt verschließt die Kneipentür, lässt die Rollos herunter und bedankt sich bei uns mit einem weiteren Bier. Detlef und Sabinchen reden nicht mehr miteinander. Schließlich verlassen wir gemeinsam die Kneipe durch den Seiteneingang. Wir stehen also im Hausflur. Sabinchen will nicht mit Detlef den Heimweg antreten. Jedenfalls nicht aus dieser Kneipe heraus, durch den Hausflur, auf die Kopenhagener Straße und so. Sie will erst einmal auf den Hinterhof. Denn von dort aus geht es auch zur Schwedter Straße, so viel ist wohl logisch! Wir lassen sie erst mal losspazieren. Viel gibt es auf diesem Hof nicht zu sehen. Nach einer Zigarettenlänge wird sie reuig zurückkehren.

Nach fünf Minuten werden wir ungeduldig und marschieren auf den Hof. Wie das hier aussieht. Auf dieser Baustelle liegt kein Stein auf dem anderen. Da kann man sich alle Knochen brechen. Detlef ruft: »Sabinchen! Sabinchen!« Zwischen den Baumaterialien hat sie sich nicht versteckt. Und in zwei von drei Hausaufgängen ist sie auch nicht. Bleibt also noch ein Hausaufgang und der sich daneben befindende Mauerdurchbruch, der für hilflose Personen scheinbar zum anderen Hof führt. Wir streben gemeinsam dort hin. Plötzlich hören wir ein Winseln und Jammern. Aus dem Hausaufgang kommen diese Geräusche nicht – sie wird doch nicht etwa? Doch! Sabinchen wusste, dass es auch so zur Schwedter Straße geht. Allerdings befindet sich hinter dieser Mauer die S-Bahn-Strecke. Sie ging durch den Mauerdurchbruch und stürzte erst einmal vier Meter in die Tiefe! Auf den Schotter neben den Gleisen. Dort liegt sie nun. Das sieht nicht gut aus. Detlef fragt sich. »Wie kann die Olle nur so blöd sein?« Er ist drauf und dran, hinterher zu springen: »Sabinchen, ick liebe dich! Warte, ick komm runter!« Ich sage: »Nee, Detlef! Bleib hier! Wir wohnen doch im selben Haus. Das is doch 'n Ding. Du kannst hier nich' runterspringen!«

Da es im »Kleinen Preußen« kein Telefon gibt, springe ich auf mein Rad und fahre schnell nach Hause. Unterwegs taucht im Halbdunkel die aggressive Hygienehyäne auf! Sie will mich mit einem ihrer fliegenden Hufe vom Rad holen! »Alte Schlampe! Ick hab jetz' keene Zeit für dich!« Am Telefon will mir der Typ von der Feuerwehr nicht glauben, dass die Kopenhagener Straße parallel zur S-Bahn verläuft! Bin ich denn nur von Patienten umgeben? Vor dem »Kleinen Preußen« halten irgendwann mehrere Feuerwehrfahrzeuge. Sie inszenieren eine tolle Lichtschau. Wenig später stehen wir mit vier Feuerwehrleuten vor dem Mauerdurchbruch. Ein Viertelstündchen verstreicht. Der allgemeine Tenor lautet: »Die Olle hat jut jetankt! Da kann man nüscht machn!« Irgendwann erscheint Verstärkung. Die Kollegen bekommen es auf die Reihe, die Frau auf eine Trage zu platzieren und mit ihr die S-Bahn-Strecke entlang in Richtung Schwedter Straße zu laufen. Von dort aus kommen sie auch mit dem Rettungsfahrzeug heran. Der Wirt, Detlef und ich gehen in die nächste Kneipe. Gleimstraße, Bierbar »Zur Palme«. Ganz schön belebt hier. Vom Katzentisch aus beobachten zwei studentische Lila-Laune-Berliner die Szenerie. Halten die sich für etwas Besseres? Ich trinke einen Kaffee. Es ist nur ein normaler Morgen am Anfang einer Woche.

## Die Hitparade meiner Unfälle

Ich beginne mit Platz 10.

Anfang der Siebziger war ich mit meinen Eltern und meiner Schwester im Urlaub. In Thüringen, in einem Dorf. Neben unserem FDGB-Heim befand sich ein rauschender Bach. Dort hockte ich am Ufer. Jemand warf über mich hinweg kleine Steine ins Wasser. Plötzlich fühlte ich einen dumpfen Schmerz und spürte mein Blut pulsieren. Eine harmlose Platzwunde am Hinterkopf reichte nur für ein wenig Bettruhe und den letzten Platz.

Weiter geht es mit Platz 9:

Im Kindergarten rannte ich mal wieder wie ein Wilder herum. Für die angesagte Mittagsruhe war ich noch zu munter. Mit einem anderen Kind sprang ich über die Liegen hinweg und um die Stühle und Tische herum. Nachdem ich mich rennend zu meinem Verfolger kurz umgedreht hatte, knallte ich auch schon mit meiner Augenbraue gegen eine Tischkante. Ein wenig Blut, eine kleine Narbe. Immerhin, vorletzter Platz.

Ich komme zu Platz 8:

Auf der Arbeit stolperte ich mit einem Kollegen eine Sandböschung hinab und einen ungefähr einen Meter tiefen

Baugraben hinunter, dem Fundament einer Mauer entgegen. Wir waren mit einem Kabelformstein beladen, einem schweren Fertigbetonteil. Schwungvoll steuerten wir und der Kabelformstein auf die Fundamentmauer zu. Immerhin war nur mein kleiner Finger dazwischen. Ein Allgemeinmediziner verordnete mir einen festen Verband, damit keine Luft an die Wunde kam. Es sollte sich Knorpel bilden, der die Bewegungsfreiheit meines kleinen Fingers einschränkte.

Und nun Platz 7:

Im Kindergarten war wieder einmal Mittagsruhe angesagt. Ich befand mich schon auf der Liege. Ein Junge gab an, weil er früher abgeholt wurde. Er war ein Mittagskind und stolzierte durch die Reihen der aufgeklappten Liegen. Er befahl uns, dass wir sofort schlafen sollten. Als er vor mir herumhampelte, richtete ich mich aus der Rückenlage auf und meinte, er hätte mir gar nichts zu sagen. Mit seinem Zeigefinger piekte er mir ins Auge. Ich fiel vor Schreck in eine mehrstündige Mittagsruhe. Als es drei Uhr war, standen alle Kinder auf. Außer mir. Im Halbschlaf merkte ich, wie sie an mir rüttelten und dabei lachten. Schließlich kippten sie meine Liege um. Ich wurde wieder gesund.

Ich komme zu Platz 6:

Als kleiner Junge stand ich an Weihnachten mit meiner Mutter in der Küche. Als sie sich vom Gasherd abwandte, spielte ich mit dem neuen Kasper vom Puppentheater. Ich hielt ihn über die Flamme. Seine große Nase brannte. Meine

Mutter sagte, dass das dem Kasper sehr wehtäte. Das stimmte wohl, denn inzwischen hatte ich mir auch meine Hand verbrannt.

Und nun Platz 5:

Als Junge bin ich oft hingefallen und hatte viele, viele Schürfwunden. Damals dachte ich sogar, dass ich mir mein ganzes Leben lang alle zwei Wochen eine Schürfwunde zuziehen würde, an der ich immer herumpolken könnte. Einmal spielten wir Indianer. Ich rannte auf dem Falkplatz entlang. Auf einem Schotterweg rutschte ich aus. Ich stand wieder auf und humpelte einige Schritte. Dann legte ich mich wieder auf den Schotterweg. Meine linke Kniescheibe war verruscht. Offiziell hatte ich diesen Unfall beim Fußball, als Stürmer. Der Arzt verschrieb mir eine Salbe, einen festen Verband und zwei Wochen Frühlingsferien.

Weiter geht es mit Platz 4:

Auf der Arbeit verlegten wir einen Parkettfußboden. Damit zwischen den Parkettleisten keine allzu großen Ritzen entstanden, kniete ich auf dem bereits verlegten Parkett, rammte den Kuhfuß in diese Unterkonstruktion, hämmerte ihn mit dem Schlägel ein bis zwei Zentimeter tiefer und stemmte ihn – anders als sonst – nicht von mir weg, sondern zog ihn in meine Richtung. Die hölzerne Unterkonstruktion gab den Kuhfuß frei. Er knallte mir an die rechte Wange. Von dieser damals ziemlich eindrucksvollen Wunde ist heute nur noch eine kleine Narbe zu sehen.

Eine weitere Kopfwunde findet sich auf Platz 3:

Wir fuhren mit einem Kleintransporter dem Feierabend entgegen. Mein kollegialer Kraftfahrer parkte kurz, wir gaben uns die Hand und scherzten. Ihm immer noch zugewandt, stieg ich aus dem Wagen, knallte die Tür zu, winkte froh gelaunt, ging einen halben Schritt und knallte mit meiner Augenbraue gegen eine Laterne. Sie war aus Beton. Die Platzwunde musste genäht werden. Der Arzt verschrieb mir zwar keine zweiwöchigen Frühlingsferien, aber immerhin einen dreiwöchigen Herbsturlaub.

Ich verrate wohl nicht zu viel, wenn ich sage, dass der Unfall auf Platz zwei doppelt so schlimm war: Es passierte im Sportlertreff. Ich stand nach irgendeinem Gehörsturz fördernden Konzert vor der Theke. Ich war betrunken und müde. Und vor allem war ich zu träge, um nach Hause zu gehen. Wir redeten und redeten. Noch schlechter als die Musik war meine Kondition. Ich tanzte nicht. Nur mein Kreislauf. Mutter Erde war nicht weit. Ich hätte mich einfach hinlegen können, doch ich wollte nach Hause spazieren. Als ich Sekunden später auf dem Rücken lag und meine Augen wieder öffnete, zerrten zwei bunte junge Männer an mir herum. Ich blutete ziemlich stark und dachte: Scheiß Punks! Sie riefen mir ein Taxi. Der Taxifahrer nahm mich erst nach einigem Zögern mit. Ich verstand ihn, wollte aber trotzdem nach Hause gefahren werden. Vor meiner Haustür gab ich ihm von der Summe, die auf dem Zähler stand, die Hälfte. Er murrte herum. Am liebsten hätte ich ihn so zugerichtet, wie ich es bereits war. Zu Hause erblickte ich im Spiegel jemanden, der schnell zum Notarzt musste. Wenig später wurde ich kostenlos spazieren gefahren. Eine Ärztin nähte meine Platzwunden. Über der linken Augenbraue und unter dem rechten Auge. Sie war sehr zärtlich und fragte: »Warum trinken Sie um diese Zeit, mitten in der Nacht, haben Sie keine Arbeit?« Natürlich hatte ich keine Arbeit, aber um diese Zeit, mitten in der Nacht, trank ich lieber. Am Vormittag ging ich zu einem Arzt. Er beschmierte meine Wunden mit Salbe, klebte Pflaster darauf und meinte, das Pflaster sollte ich sechs Wochen drauflassen. Irgendwann, nach zwei oder drei Wochen, fielen die Pflaster ab. Die Narben hatten sich verhärtet, sie waren schlecht verheilt. Es war zu spät, mein Gesicht schien für immer entstellt. Einige Wochen später wurde mir eine Hautärztin empfohlen, die die Narben noch einmal aufschneiden würde. Ich ging zu ihr in die Praxis. Ihre Urlaubsvertretung sagte, ich sollte in drei Wochen anrufen, zwecks Termin. Als es so weit war, meinte sie, dass sie sich erkundigen wollte, ob die AOK das bezahlen würde. Weitere drei Wochen später fragte ich nach, ob das mit der AOK klarginge. Ich sollte in drei Wochen noch einmal anrufen, zwecks Termin. Nach einem halben Jahr fand ich mich wieder schön genug.

Unter all meinen Missgeschicken ist der Unfall, der sich an einem milden Nachmittag im April zutrug, der würdigste, um ihn hier auf den Spitzenplatz zu setzen:

Ich blieb freiwillig im Schulhort, obwohl ich ein harmonisches Zuhause hatte. Außerdem waren viele Kinder schon weg. Unsere Horterzieherin vernachlässigte ihre Aufsichtspflicht. Jedenfalls war ich mit Ingo W. aus B. alleine im Klassenraum. Er kam auf die Idee, dass wir ein Zirkuskunststück üben könnten. Wir hatten es schon einmal gesehen. Es sah spektakulär aus. Also stellte ich mich in gebeugter Haltung mit dem Rücken vor Ingo hin; meine Arme ließ ich herunterhängen, sodass Ingo zwischen meinen Beinen hindurch nach meinen Händen greifen und so kräftig ziehen konnte, dass ich eine Rolle vorwärts machte. Ich sollte Sekunden später schwungvoll auf meinen Füßen landen. Aber Ingo zog weder kräftig genug noch konnte er mich festhalten. Ich knallte mit dem Gesicht auf den Linoleumfußboden. Der Aufprall kostete mich zwei obere Schneidezähne. Sie waren überwiegend abgebrochen. Seltsamerweise blutete ich kaum. Einerseits war ich leicht geschockt, andererseits freute ich mich, dass ich noch lebte. Ingo bekniete mich, nicht zu petzen. Wir waren doch Freunde, oder? Er hatte Angst. Weshalb sollte ich petzen? Ich war ohnehin sprachlos und wollte nur nach Hause. Ich erinnere mich nicht daran, ob meine Zähne auf dem Nachhauseweg schmerzten. Wahrscheinlich nicht, denn sie lagen ja noch im Klassenzimmer. Als meine Mutter die Wohnungstür öffnete, sagte ich auch nichts, ich heulte gleich los. Wir gingen zur Zahnärztin. Sie montierte auf meine inzwischen schmerzenden abgebrochenen Schneidezähne zwei riesige provisorische Kronen. Während der folgenden drei Schultage machte ich kaum den Mund auf. Irgendwann mitten im Unterricht sprach mich unsere Lehrerin darauf an. Ich schilderte ihr den Vorfall sehr sachlich.

Alle waren geschockt. Bisher hatte niemand außer mir gewusst, was für ein Verbrecher Ingo W. aus B. in Wirklichkeit war. Wir blieben aber Freunde. Weil ich im Laufe der Jahre noch wuchs, passten die riesigen provisorischen Kronen irgendwann auch zu meinem übrigen Körper.

Immerhin trug ich niemals eine Spange.

## Robert Naumann

Meine Augenfarbe ist grau-grün. In meiner Freizeit
würde ich gern Tontauben schießen, aber
meine Frau ist dagegen. In Hohenschönhausen,
wo ich wohne, halten die Leute gelbe Netto-Tüten in
der Hand. Die Infrastruktur ist gut entwickelt, und
die Arbeitslosenquote liegt bei 16,6 %.
Auch ich bin jetzt arbeitslos. Seitdem muss ich
zu Hause immer abwaschen.

## Mal eine Lanze für die Behinderten brechen

Früher war ich schwerbehindert. Das war toll. Ich hatte einen Schwerbeschädigtenausweis. Wenn im Bus alles besetzt war, zückte ich meinen Ausweis und hielt ihm demjenigen vor die Nase, der gerade auf dem Platz mit dem Zeichen für Schwerbehinderte drüber saß. War mir ganz egal, ob das 'ne alte Oma war, im Gegenteil, das machte am meisten Spaß. Blöd war nur, wenn derjenige auf dem Platz auch einen Ausweis hatte. Aber manchen konnte ich doch Paroli bieten. »Ich hab aber 80 %«, sagte ich. Beschämt schnappte sich der lächerliche 60 %-Behinderte seine Krücken und schlich von dannen.

Ja ha, schwer beschädigt sein macht Spaß. Mir konnte keiner was. Ich war voll abgesichert. Ich sollte den Müll runterbringen? Ich zückte meinen Ausweis. Vater schimpfte über die schlechten Mathezensuren? Ich zückte meinen Ausweis. Oder wenn ein Mädchen nicht mit mir gehen wollte. Ich zeigte ihr meinen Ausweis und sagte total traurig und steinerweichend: »Du willst mich ja nur nicht, weil ich behindert bin.« Noch eine Träne rausgequetscht, und schon war die Sache geritzt. Mir konnte keine lange widerstehen!

Eigentlich höre ich nur ein bisschen schlecht. Aber das ist egal. Behindert ist behindert! Jetzt habe ich keinen Ausweis mehr. Als nämlich die Mauer fiel, musste ich einen Antrag für einen neuen Ausweis stellen, und plötzlich war ich angeblich nicht mehr beschädigt genug. Die gaben mir einfach keinen neuen Ausweis. Obwohl jetzt sogar noch hinzukam, dass ich schlecht sehen konnte. Ade, süßes Leben! Ich sollte als völlig normal hingestellt werden, ganz normal arbeiten wie all die gesunden, kraftstrotzenden Menschen. Das war doch nicht möglich. Mir ging es sehr schlecht. Ich hatte doch gedacht, nicht arbeiten zu müssen und Invalidenrente zu kriegen. Plötzlich bekam ich Mitleid mit mir. Erst jetzt wurde ich mir meiner Behinderung voll bewusst. Ein Ausgestoßener war ich, nicht gesund genug, nicht beschädigt genug, um irgendwo dazuzugehören. Ich weinte. Schloss mich in mein Zimmer ein. Bemalte die Wand mit gelber Farbe und pinselte drei große schwarze Punkte drauf. Ich war nicht gesund! Heute bin ich noch viel behinderter, aber ich habe gelernt, damit zu leben, weil ich erkannt habe, worauf es ankommt. Es kommt drauf an, wie man innen drin ist! Äußerlichkeiten sind total unwichtig! Fehlende Körperteile zum Beispiel sagen überhaupt nichts über den Charakter aus! Das wollte ich mal anbringen, das ist mir sehr wichtig. Mal eine Lanze für die Behinderten brechen.

## Wie meine Karriere mal einen ganz schönen Knacks bekam

Früher, als Jugendlicher, wusste ich oft nichts Rechtes mit meiner Zeit anzufangen. Es war ja Sozialismus. »Klopapier?«, fragte ich manchmal flehend meine Mutter. Aber sie schüttelte nur den Kopf.

Im Sommer saß ich auf dem Balkon und zählte die Westautos, die unten vorbeifuhren. Ich war ja Regimekritiker. Der Balkon befand sich in Karl-Marx-Stadt, dem Bezirk mit der geringsten Westautodichte. Mein Leben verlief also eher langweilig. Doch nur im Sommer. Im Winter war ich der Kälte wegen genötigt – das Ohr am Balkonfenster – am Motorengeräusch zu erkennen, wie viele Westautos vorbeifuhren. Es war unglaublich. Es wimmelte von Westautos. Ich erkannte sogar die verschiedenen Fahrzeugtypen. Ein Schreibheft von damals belegt die Daten: 17. Januar 1985: 27× Mercedes, 15× Audi, 22× BMW, 65× Porsche!

Das Phänomen begann mich zu interessieren, und ich beschloss, einen Roman über die Sommer-Winter-Schwankungen von Westautos in Karl-Marx-Stadt zu schreiben. Als ich vier Jahre später erschöpft »Ende« auf die letzte Seite schrieb, fiel die Mauer.

Mir wurde bewusst, dass sich mein Roman unter den veränderten Bedingungen schlecht verkaufen würde. Manche wissen gar nicht, dass der Mauerfall nicht nur Gutes mit sich brachte. Eine hoffnungsvolle Schriftstellerkarriere war von den Schergen des Kapitalismus im Keim erstickt worden. Ich kam danach nie wieder richtig auf die Beine. Eine Schreibblockade jagte die nächste.

Heute kann ich infolge dieses Traumas nur noch ganz kurze Texte schreiben. Ein Roman ist nicht mehr drin. Die gewonnene Zeit verbringe ich auf dem Balkon und zähle die Ostautos, die vorbeifahren. Eigentlich hat sich nicht viel verändert.

## Straße kehren für Heinz-Rudolf

Schade, dass ich nicht berühmt bin. Als international anerkannter und geliebter Mensch hat man es sicher in vielen Dingen leichter. Große Aufmerksamkeit wird einem zuteil.

Gern wäre ich so berühmt wie Heinz-Rudolf Kunze. Eigens für den Poppoeten wurden nämlich im Jahre 1987 die Straßen der Stadt Chemnitz, damals noch Karl-Marx-Stadt, in einer drei Nächte dauernden Aktion in blitzblanken Asphalt verwandelt. Ich war noch Schüler und konnte Geld gut gebrauchen. Also bewarb ich mich um den Job und zog drei Nächte gemeinsam mit einem Dutzend anderer materiell wenig begünstigter Menschen durch Chemnitz und kehrte mit einem ganz ordinären Besen den Staub vom Highway. Das ist kein Witz!

Ein bisschen traurig war ich dann schon, als Heinz-Rudolf Kunze zu seinem Auftritt in Chemnitz anreiste und kein Wort des Dankes über seine Lippen kam. Immerhin hatte ich drei Nächte geschuftet, damit sich dieser Möchtegernkünstler die Schuhe nicht schmutzig machte. Was bildete der sich eigentlich ein? Kaum hatte er ein paar Platten verkauft, schon empfand er es scheinbar als vollkommen normal, dass eine gesamte Stadt nur für ihn zur keimfreien Zone wird.

Wäre ich berühmt, würde ich mich nicht scheuen, den

frisch gekehrten Straßenboden zu küssen und meinen Dank laut in die Welt hinauszurufen. Oder ich würde mich, natürlich verkleidet, unters Volk mischen und selbst den Besen schwingen. Die Sympathie der weiblichen Fans wäre mir gewiss. Superstars wie Heinz-Rudolf Kunze oder Michael Jackson haben eine sehr große weibliche Fangemeinde.

Obwohl ich ein hervorragend aussehender, brillanter junger Poet bin, haben Frauen die Angewohnheit, mir stets fern zu bleiben. Das liegt daran, dass ich nicht berühmt bin. Wüssten die Frauen, dass ich Schriftsteller bin, würden sie keine Hemmungen kennen und alles daran setzen, mich näher kennen zu lernen. Leider können sie es nicht wissen, da noch kein Buch von mir erschienen ist. Vielleicht sollte ich zu einem Trick greifen. Ich lasse meine Geschichten binden und trage sie stets als kleines Büchlein bei mir. Ich setze mich in ein Café neben eine vorzüglich aussehende junge Dame und beuge mich nach vorn, um mir den Schnürsenkel zu binden. Ganz zufällig fällt dabei mein Buch aus der Tasche. Ich hebe es auf und sage laut und deutlich:

»Oh, soeben ist mir mein neuester, von mir selbst verfasster Erzählband entglitten. Falls Sie, junges Fräulein, darauf bestehen, einen Blick hineinzuwerfen, so wäre ich durchaus nicht abgeneigt, Ihnen das Werk für ein paar Minuten zu überlassen. Ansonsten will ich es schnell wieder wegstecken, denn nichts liegt mir ferner, als damit zu protzen, ein Dichter zu sein.«

Leider hat das Fräulein eine Lese- und Rechtschreibschwäche und darum mit Büchern nichts am Hut. Vielleicht sollte ich auch fordernder sein. Ich gehe in ein Café und suche ein Mädchen meines Gefallens. Ich knalle ihr das Buch auf den Tisch und sage:

»In bin in dreißig Minuten wieder da. Bitte versuchen Sie, sich bis dahin einen Eindruck von der literarischen Qualität des von mir selbst geschriebenen Buches zu verschaffen.«

Sind die dreißig Minuten um, und ich betrete das Café erneut, ist das Mädchen verschwunden, und mein Buch ist mit einer Widmung versehen:

»Mein Name ist Kunze und mein Vater Heinz-Rudolf. Verglichen mit der literarischen Qualität der sehr einfühlsamen Songtexte meines Vaters verursachen Ihre anfängerhaften Schreibversuche jedem anspruchsvollen Literaturfreund Brechreiz. Sollten Sie glauben, mit diesem Schund berühmt zu werden, und hoffen, dass ganze Ortschaften extra für Sie gereinigt werden, so haben Sie sich bitter getäuscht. Kunze.«

So etwas ist nicht vorhersehbar. Wie aber sind dann Heinz-Rudolf Kunze und Michael Jackson berühmt geworden? Oder Stephen King? Oder Gunther Emmerlich? Früher waren die Schriftsteller zu Lebzeiten auch nicht berühmt. Sie schickten ihre Gedichte ihren Geliebten, die sie aufbewahrten. In einem späteren Jahrhundert wurden sie dann gefunden und, knallbummpeng!, waren die Dichter berühmt. Natürlich haben sie nichts mehr davon gehabt, denn sie waren bereits tot. Zu ihren Lebzeiten waren das genauso arme Schlucker wie ich. Vielleicht sind auch sie in Cafés herumscharwenzelt und haben versucht, junge Mädchen von ihren Schreibkünsten zu überzeugen. Sicher hatten sie es schwerer als ich, denn damals war die Lese- und Rechtschreibschwäche eine weit verbreitete Krankheit. Dennoch haben sie eine Geliebte gefunden. Im Gegensatz zu mir.

Hätte ich eine Geliebte, wäre der Weg zum Ruhm nur eine Frage der Zeit. Sorgsam und gewissenhaft müsste sie meine Arbeiten korrigieren und täglich bei einem Verlag vorsprechen. Dort bräuchte sie nur ein wenig mit dem Verleger zu flirten, und schon hätte ich einen Vertrag in der Tasche. Heutzutage macht man das so.

»Der Ruhm eines Schriftstellers führt über die Betten der Verleger«, hat mal ein sehr bekannter Schriftsteller gesagt. Wäre ich dann berühmt, könnte ich mich vor Groupies kaum retten. Scharen von zahnspangentragenden Teenagern hätten einen lebensgroßen Bravo-Starschnitt von mir im Kinderzimmer hängen und würden schuleschwänzend vor meiner Villa in Berlin-Zehlendorf herumlungern. Ab und zu trete ich auf den Balkon und hebe lässig Zeige- und Mittelfinger zum Gruß, worauf ein ohrenbetäubender Lärm ausbricht. Kuschelweiche Teddybärchen, an denen kleine Schleifen mit Liebesbriefchen befestigt sind, fliegen mir um die Ohren. Ab und zu wähle ich willkürlich einen der Briefe aus, um ihn zu lesen. Pubertierende dreizehnjährige Schulmädchen unterbreiten mir darin unanständige Angebote. Entrüstet zerreiße ich die Briefe, schreibe mir aber vorsichtshalber die Telefonnummern der Mädchen heraus. Täglich werden Orgien mit erlesener internationaler Prominenz gefeiert. Heinz-Rudolf Kunze nebst Tochter haben auf meiner Gästeliste allerdings keinen Platz.

Von einem ehemaligen Freund der Familie Kunze erfahre ich, dass sich Heinz-Rudolf die Stimmbänder ruiniert und sein gesamtes Vermögen verjubelt hat. Ich kann eine gewisse Genugtuung nicht verhehlen.

Als ich einmal nach Hamburg zu einer Lesung fahre und spätabends ankomme, sehe ich eine Kolonne Straßenfeger, die mit ganz ordinären Besen die Straße fegt. Mit Leichtigkeit kann ich unter ihnen Heinz-Rudolf und Tochter ausmachen.

Schnippisch fasse ich Heinz-Rudolf an die Wange und sage:

»Na, wird schon wieder, was!«

Danach breche ich in lautes Gelächter aus und begebe mich in mein Hotelzimmer, um mich eventuell mit einem Groupie zu vergnügen.

Es liegt mir fern, mich mit anderen großartigen Künstlern zu vergleichen. Allerdings besitze ich die Unverfrorenheit zu behaupten, dass ich es mindestens ebenso wie Heinz-Rudolf Kunze verdient hätte, dass man für mich die Straßen kehrt.

# Falko Hennig

1969 in Berlin geboren, Exschriftsetzer, -pförtner, -produktions- und -lagerarbeiter-, -redakteur, -student der Humanontogenese und Sinologie. Forschungsreisen nach China, Japan, USA. Seit 1995 Reformbühne Heim & Welt, Kurzgeschichten, Hörspiele, Essays, Filmvorträge Bukowski- und Simpsons-Forschung. Bücher: *Gastronomie in der Krise* (Berlin, 1998). *Alles nur geklaut* (Augsburg, 1999). *[bju:k], Jahrbuch der Charles-Bukowski-Gesellschaft 2000* (Riedstadt, 1999). Seit 1998 Arbeit an dem Roman *Speers fünfter Ring.*

## Norwegischer Urlaub

Eine Kriminalgeschichte

Manchmal, wenn das Telefon im selben Augenblick klingelt, in dem man an jemanden denkt, glaubt mancher an Gedankenübertragung. Gustav Kröger ist da anderer Meinung. Er sitzt im Bademantel am Frühstückstisch seines Hauses in dem Osloer Vorort. Vergessen wird, wie oft man jemanden kurz in Gedanken hat, und nichts passiert. Auch jetzt ist ihm beim ersten Klingeln klar, dass es sich um etwas Dienstliches handeln muss. Richtig, Claus Norwaldt ist dran, sein Assistent:

»Gustav, ein schönes Wochenende«, sagt er.

»Was gibt es?«, fragt Kröger.

»Wir müssen es uns ansehen, Mord, ohne Zweifel. Oben in den Wäldern im Norden, auf dem halben Weg nach Drontheim. Ich hole dich gleich ab. Das Flugzeug steht bereit.« Kröger hatte so eine Vorahnung gehabt, doch wer sollte ihn auch sonst morgens um acht am Sonnabend anrufen?

Er zieht sich an, schüttet den letzten Schluck Kaffee in sich hinein und geht vors Haus. Claus wird gleich da sein.

Die Leute sind dumm mit ihrem Glauben an Übersinnliches. Horoskope, Gedankenübertragung – er würde Menschen, die daran glauben, nicht als intelligent bezeichnen. Immer wieder fragten ihn Leute nach seinem Sternzeichen, intelligente Leute, manche von ihnen hatten sogar studiert. Ob die nichts mehr lernen auf der Universität? Er sagte dann: »Wenn Sie sich auskennen, welches Sternzeichen habe ich denn Ihrer Meinung nach? Wenn an Horoskopen etwas dran ist, dann müssten Sie es doch erraten können. Sie kennen doch mich und meinen Charakter.« Nach einigem Raten bekommen sie es etwa beim fünften Versuch heraus. Welch Wunder! Beim zwölften Mal hätten sie es spätestens.

Da kommt Claus, Kröger setzt sich neben ihn in den blauen Volvo. Nach ein wenig Smalltalk erzählt Norwaldt: eine weibliche Leiche, unbekleidet, schon ein Weilchen tot, vielleicht eine halbe Woche. Sie kommen zum Flughafen, Gerichtsmediziner Arsond, der Fotograf und ein Kollege von der Spurensicherung warten schon. Sie steigen ein in die kleine Cessna und heben ab. Kröger schaut hinunter, wo Straßen und Häuser spärlicher werden, je weiter sich das Flugzeug von Oslo entfernt; dann sieht man nur noch Wälder, die Fjorde, Wolken wie Rauch. Schließlich landen sie auf einer holprigen Schotterpiste im Nirgendwo. Dorfpolizisten nehmen sie in Empfang.

»Wer hat die Leiche gefunden?«, fragt Kröger. Ein dünner Mann mittleren Alters und mit einem schmalen Gesicht unter einer Schirmmütze stellt sich vor, er ist der örtliche Forstverwalter.

»Mir war sofort klar, dass hier ein Verbrechen vorliegen muss. Sie war so merkwürdig verdreht, die Beine und Arme, ich wusste gleich, dass sie tot war. Ich bin trotzdem hin und habe sie angefasst. Um vielleicht erste Hilfe zu leisten oder so. Aber sie war schon ganz kalt.« Sie steigen in einen Kleinbus, fahren über schottrige Serpentinen. Der Bus hält.

»Ab hier müssen wir leider zu Fuß weiter«, sagte der Dorfpolizist, »es ist aber nicht mehr weit.« Sie stapfen zwischen Baumstümpfen durch hohes Gras und Farn. Da liegt sie. Auf dem Rücken, die trüben Augen in den Himmel gerichtet. Der Fotograf macht die ersten Aufnahmen. Es ist die Leiche einer blonden Frau Ende dreißig, sie ist nackt. Sofern man Taucherbrille, Schnorchel und Schwimmflossen nicht als Kleidung gelten lässt.

Während der Fotograf knipst, der Kollege von der Spurensicherung herumläuft und kleine Proben möglicher Spuren in Tütchen steckt und der Arzt die Temperatur der Leiche misst, befragt Kröger den Polizisten:

»Wie kann die Frau hierher gelangt sein?« Der Polizist zuckt mit den Achseln.

»Eigentlich gar nicht. Es ist nicht so, dass wir hier alles überwachen, aber trotzdem glaube ich nicht, dass hier jemand unbemerkt herkommen könnte. Die einzige Straße führt durch Trondö, drei Häuser, eins davon meins. Da bleibt kein fremdes Auto unbemerkt. Auch nicht in der Nacht.«

»Mit einem Geländewagen hätte man doch dieses Dorf auch umfahren können?«

»Eigentlich schon. Aber das wäre aufgefallen, die befahrbaren Wege sind doch alle abgesperrt. Aber irgendwie hat es der Perverse ja doch geschafft.«

»Welcher Perverse?«

»Na, es ist doch klar, dass der Täter ein Perverser ist. Die Schwimmflossen, die Taucherbrille und der Schnorchel. Hier ist in 100 Kilometern Umkreis kein See. Wissen Sie was? Das waren irgendwelche Perverse aus der Stadt, und dann ist etwas schief gegangen. Vielleicht hatten sie ja auch noch Gummimasken oder so.«

»Gut, besten Dank erst mal«, sagt Kröger.

*Jan lacht mich aus, als ich ihm sage, dass ich schwimmen gehen will. Er war heute Morgen kurz im Wasser, es war so kalt, dass sein Schwanz zu einem faltigen Wurm zusammengeschrumpelt war. Wir haben ihn dann aber gemeinsam wieder zu ansehnlicher Größe gebracht, auf einer Decke unter freiem Himmel. Es ist ein Wunder, wir sind über zehn Jahre zusammen, und das ist unser erster Urlaub ohne die Kinder. Und jetzt lacht er mich aus, er ist an dem Campingkocher zu Gange, es wird wieder Spaghetti geben, wie schon die ganze Woche über. Aber es ist wunderbar.*

Der Gerichtsmediziner notiert sich einiges in seinem Notizbuch und blickt kurz zu Kröger auf, als der ihn fragt:

»Vergewaltigung?«

»Kann sein. Aber wenn das eine Vergewaltigung war, dann war es die sonderbarste, die mir je vorgekommen ist.«

»Wieso?«

»Sie hat zweifellos Verkehr gehabt, bevor sie gestorben ist. Aber wie sie gestorben ist? Er muss sie erschlagen haben. Mit einem Knüppel oder etwas Ähnlichem. Die Gewalteinwirkung muss ganz außerordentlich gewesen sein. Und es sind keine Hautreste unter den Fingernägeln, keine Würgemale. Er scheint ihr so ziemlich jeden Knochen im Leib gebrochen zu haben. Bis ich Genaueres weiß, wirst du dich gedulden müssen.«

»Und wie lange ist sie tot? Ungefähr.«

»Zwischen einem und zwei Tagen. Dazu muss ich noch die Wetterberichte durchgehen.«

Kröger schaut sich die Schwimmflossen genau an, bevor der Körper der Frau auf eine Bahre gelegt wird. Wie ein aberwitziger Trauerzug gehen sie durch das unwegsame Gelände. Einen Moment befürchtet Kröger schon, sie müssten mit der Leiche in dem Kleinbus zurückfahren. Doch da sieht er den Krankenwagen, der mittlerweile eingetroffen ist.

*Ich ziehe mir die Schwimmflossen an, Taucherbrille auf und Schnorchel in den Mund, dann steige ich runter zum Wasser, werfe mich hinein, und im ersten Moment stockt mir vor Kälte fast der Atem. Doch dann beginne ich in gleichmäßigen Zügen zu schwimmen. Ich schaue durch die Taucherbrille, das Wasser ist dunkelgrün und blau, manchmal sehe ich die kleinen silbernen Fische. Ich hätte mir irgendetwas mitnehmen sollen, um ein paar von ihnen zu fangen. Mir ist immer noch kalt, aber es geht einigermaßen. Nach einigen Minuten hat man sich daran gewöhnt, vermutlich machen es die Fische genauso. Diese Fjorde sind immer kalt. Wir machen nun schon seit fast zehn Jahren Urlaub in Norwegen, und egal, wie heiß der Sommer war, das Wasser der Fjorde war noch immer eiskalt. Aber genau das ist das Schöne.*

Kröger fragt den Kollegen von der Spurensicherung:

»Und? Wie kann sie hierher gekommen sein?«

»Wann soll das denn passiert sein?«

»Höchstens vor zwei Tagen.«

»Das ist sonderbar. Da hätte ich garantiert Autospuren gefunden. Aber bis jetzt konnte ich nur die von uns und dem Förster entdecken.«

»Was ist mit Fahrrädern?«, fragt Kröger.

»Wenn es nicht geregnet hat, wie der Polizist ja sagt, dann hätte ich auch Fahrradspuren gefunden. Und glaubst du im Ernst, der Täter ist mit einem Tandem hierher gekommen, zieht ihr Schwimmflossen an, erschlägt sie und fährt wieder zurück?« Kröger antwortet nicht. Er geht mit dem Polizisten zum Bus, sie erkundigen sich über Funk, ob in der Gegend eine Vermisstenmeldung eingegangen ist. Doch davon ist nichts bekannt, für ganz Norwegen könnten sie es allerdings erst in einigen Stunden wissen.

Sie fahren schweigend zurück. Kröger denkt: Wieso ist eine Frau nackt und mit Schwimmflossen in einem Wald, Dutzende von Kilometern von jedem See entfernt? Er schaut seinen Assistenten Claus Norwaldt an und fragt:

»Glaubst du auch, dass es Perverse waren? Bei einer merkwürdigen Sexualpraktik?«

»Ich weiß nicht«, sagt Norwaldt, »jedenfalls ist sie keines natürlichen Todes gestorben.« Das sicher nicht, denkt Kröger. Aber was für eine Erklärung sollte es geben? Was für ein Verbrechen sollte das sein? Sie sind wieder an der Rollpiste, steigen in die Cessna, es geht zurück. Es muss eine vernünftige Erklärung geben, denkt Kröger, es gibt immer eine logische Erklärung. Die kleine Maschine hebt ab.

*Ich tauche auf, schwimme kurz auf dem Rücken. Die Sonne ist stark genug, dass sie mich wärmt. Dann tauche ich wieder, paddle mit den Flossen weiter in die Mitte der Bucht. Ich merke, wie meine Brüste vom kalten Wasser klein und fest werden. Ich sollte mich wohl aufwärmen. Man darf es nicht übertreiben. Ein Muskelkrampf könnte so weit draußen tödlich sein. Ein Brummen, ich glaube, ein Motorboot.*

»Schlimm?«, fragt der Pilot. Er weiß nur, dass es um Mord geht, keine Einzelheiten. Kröger antwortet nicht, fragt stattdessen:

»Sie kennen die Gegend hier?«

»Und ob! Ich hatte die ganze Woche hier zu tun.«

»Und ein See, wo ist von hier aus gesehen der nächste See?«

»Ach, da gibt's eine Menge, aber die meisten waren für mich zu klein. Ich musste immer 150 Kilometer zum Hagelfjord.«

»Zu klein? Wofür zu klein?«, fragt Kröger.

»Wir hatten doch die ganze Woche mit den Bränden zu tun. Es gibt Hubschrauber, die können auch aus dem kleinsten See Wasser holen. Aber ich habe das Löschflugzeug geflogen. Ohne das hätten wir die Brände hier nie unter Kontrolle bekommen. Diese Löschflugzeuge sind doppelt bis dreimal so schnell wie normale. Die müssen nämlich zum

Wasseraufnehmen nicht landen. Die zischen einfach über die Wasseroberfläche und nehmen das Wasser auf. Genial!«

*Aber das wäre sehr unwahrscheinlich hier in der Gegend, ein Motorboot. Das Brummen wird stärker, immer lauter, ich schaue mich um. Gischt, ein riesiger offener Rachen, spritzendes Wasser, ein Hai! Ich bekomme einen Schlag, werde gegen eine Blechwand geschleudert. Ich schlucke von dem süßen, eiskalten Wasser. Meine Schulter schmerzt, ich habe Mühe, wieder an die Oberfläche zu kommen. Es ist wie ein reißender Fluss, wie Wildwasser. Ich sehe noch Licht, es wird weniger, das Brummen noch lauter. Der Lichtspalt wird schmaler, versiegt ganz. Das Wasser schwappt, ich knalle nochmal gegen die Wand. Meine Schulter ist mindestens geprellt.*

*Was ist passiert? Wie in einem riesigen Bottich fließt das Wasser von einer Ecke in die andere. Es brummt, wie in dem Innern eines Bootes. Bin ich tot? Hat mich ein Motorboot in Stücke gerissen? Nein, bis auf die Schulter scheint alles heil. Der Druck in den Ohren, ja das ist es. Ein Flugzeug. Aber was soll das für ein Flugzeug sein? Ich muss mich bemerkbar machen. Gegen die Blechwand klopfen. Aber das gibt überhaupt kein Geräusch, nicht mal ich selber kann etwas hören.*

*Vielleicht ruft Jan die Polizei? Aber wie, womit? Bis zum nächsten Telefon ist es eine Stunde. Wie komme ich in ein Flugzeug? Und warum schwimme ich weiter im Wasser? Ich tauche bis an den Grund, doch überall nur Blechwände. Hätte ich einen Speer für Fische, irgendwas aus Metall, dann könnte ich versuchen, ein Klopfzeichen zu geben.*

*Gott sei Dank, es ist zu Ende. Ein Lichtschein, die Klappe öffnet sich wieder. Das Wasser fließt ans Licht, gleich werde ich von diesem Albtraum erlöst. Ich sehne mich nach Jan wie noch nie, und das, nachdem wir schon zehn Jahre zusammen sind. Das Wasser strömt hinaus. Ich falle mit dem Wasser. Ich falle aus großer Höhe, dort unten sind Bäume und Rauch. Es ist kalt, und ich habe Schwimmflossen an, Taucherbrille, hinter deren Befestigung noch der Schnorchel steckt. Es ist kalt, ich werde erfrieren, wenn es noch lange so geht. Es brennt, bitterer Rauch. Ich falle wie Regen mit dem Wasser. Ich schließe die Augen. Gleich ist es vorbei.*

## Jugendweihehose

Wenn man genau zurückblickt, dann erscheint einem das Leben wie eine Aneinanderreihung von Schiffbrüchen, Katastrophen und Desastern, und offen bleibt, ob es nach dem Tode wirklich sonderlich besser wird. Das schlimmste Ereignis im Zusammenhang mit einer Hose war meine Jugendweihe.

Das Ekligste war für mich in dieser Zeit immer der Flaum. Die Pickel waren schon schlimm genug, dazu diese widerlich krächzende Stimme, nicht tief, nicht hoch, einfach nur Scheiße. Aber am meisten hasste ich, wenn ich in den Spiegel sah, diesen Schatten an der Stelle, wo irgendwann ein Schnurrbart wachsen würde.

Es waren einfach keine richtigen Haare, es war Flaum, es war so lächerlich und erniedrigend. Wie auf Blättern oder an den Stängeln bestimmter Blumen, Flaum, igitt! Aber niemand verstand mich. Mit Seife und Rasierklingen versuchte ich, dieses eklige Zeug aus meinem Gesicht zu entfernen. Es war ein aussichtsloser Kampf, ähnlich wie der gegen die zwischen den Augenbrauen wachsenden Haare. Zusammengewachsene Augenbrauen, das bedeutete Jähzorn. Und nur träumen konnte ich von Beinbehaarung, die man dann zwischen Strumpf und Hosenbein sehen könnte, nix war da bei mir. Es war schrecklich. Und meine Schambehaarung, Sackhaare sagte man, konnte ich gleich ganz vergessen.

In der Kleinstadt, in der ich aufwuchs, gab es einige Algerier und Vietnamesen. Ein Algerier habe einmal, so wurde erzählt, seinem Gegner in einem Kneipenstreit einen Finger abgebissen. Die Vietnamesen nähten Hosen. Angeblich nach Westschnitten, was aber fast noch wichtiger war: Sie hatten Etiketten, echte Levi's-Etiketten, und niemanden habe ich jemals »Liewais« sagen hören. Sie würden Maß nehmen, hieß es und, etwas geheimnisvoll blieb, wo sie sowohl den Stoff als auch die Etiketten herhatten.

Es war eine sehr eigenartige Zeit, die Mädchen und Jungen trugen Frisuren, die wie Palmenwipfel aussahen oder als seien ihnen die Haare beim Sturz aus einem Flugzeug ausgehärtet, bevor der Fallschirm sich öffnen konnte. Die Kleidung war im Allgemeinen auch recht eigen, lila gefärbte Stoffwindeln wurden von den Jungen um den Hals getragen, die Mädchen hatten Luftschläuche aus dem Zooladen an den Handgelenken, eigentlich gedacht für die Aquariumpumpen und die Bläschen, die in den Wasserlandschaften aufsteigen sollten. Diese Armreifen waren mit bunter Flüssigkeit gefüllt, gelb, rot, grün und blau.

Unerbittlich verging die Zeit, und in der Zukunft drohte die Jugendweihe. Angeblich gab es auch irgendwo Leute, die sich stattdessen konfirmieren ließen, aber in meinem Bekanntenkreis fanden sich allenfalls welche, die beides machten, Jugendweihe und Konfirmation, die also zweimal absahnten. In meiner Klasse würden alle an der Jugendweihe teilnehmen, und der Termin rückte heran und stellte alle vor schwierige Entscheidungen. Wobei man unsere Entscheidungsfreiheit nicht überbewerten darf. Ich zum Beispiel wurde nie ernsthaft gefragt, was ich etwa anziehen wollte. Ich schien irgendwie das große Los gezogen zu haben, denn eine Freundin meiner Oma aus dem Westen hatte als Geschenk zur Jugendweihe zugesagt, mich komplett einzukleiden. Nicht einfach so, mit Sachen aus dem Laden, nein, es sollte alles extra geschneidert werden. Meine Maße wurden genommen, in den Westen geschickt und irgendwann würden meine Jugendweihesachen eintreffen.

Einer aus meiner Klasse, Gerd Kaminski, sah aus wie eine Karikatur, deren Original glücklicherweise verloren gegangen war. Hoch aufgeschossen, mit grotesk dünnen Armen und Beinen, dazu etwas linkisch und leicht aus der Fassung zu bringen. Wenn er durchdrehte, wurde er rot im Gesicht, brüllte, fiel auf den Boden, verdrehte die Augen und schnappte nach Luft.

Seine Eltern hatten sich entschlossen, ihm einen Jeansanzug von den Vietnamesen nähen zu lassen. Meine Sachen waren noch in der Fertigungsphase, und es konnte ja eigentlich nichts schief gehen. Dann tauchte Gerd Kaminski erstmals mit seinem Jeansanzug auf. Niemand ließ sich etwas anmerken, aber es sah zum Schießen aus. Die Jacke war unten zu kurz und die Hose oben ebenfalls. Sein Hintern steckte also bis zur Hälfte drin wie ein Ei im Eierbecher, und gegen diesen grotesken Anblick halfen auch die Levi's-Etiketten wenig.

An einem der ersten warmen Tage fuhren wir zum Baden. Beim Ausziehen taten dann alle so, als wären sie nicht brennend am Entwicklungsstand der kameradlichen Geschlechtsorgane interessiert. Aber gemeinsam war uns allen der Neid auf Gerd Kaminski wegen seines großen Gliedes und eines gewissen Vorsprunges in Sachen Intimbehaarung. Doch auf dem Heimweg war es dann wieder zu aberwitzig – diese absurde Hose, deren kurzer Arschbereich durch das Sitzen auf dem Fahrradsattel noch übertrieben wurde.

Bald darauf kam dann die Freundin meiner Oma zu Besuch und brachte die für mich bestimmten Sachen. Im ersten Augenblick glaubte ich an einen Irrtum. Es war eine blaue Cordhose, nun ja, sicher unangenehm dieser samtige Schimmer, aber als ich sie dann anhatte, wurde das ganze Ausmaß der Katastrophe erst sichtbar: Sie hatte Karottenschnitt. An den Hüften breit, zu den Fußgelenken hin schmaler werdend, dieser Schnitt, der bei jeder Frau schon schrecklich aussah, nur bei gigantischen Ärschen vielleicht als Tarnungsversuch zu erklären.

Und jetzt hatte ich eine solche Hose an und sollte sie zur Jugendweihe tragen. Es wurde noch eine Kleinigkeit geändert, aber nicht genug, um mir das, was folgte, zu ersparen. Ich stand zur Jugendweihe mit den anderen in einer Reihe auf der Bühne, und jeder sah zweimal zu mir hin, denn einen solch monströsen Hosenschnitt zu einem solchen Anlass hatte noch niemand gesehen. Ich wurde abwechselnd rot und weiß, es nahm einfach kein Ende.

Niemand achtete auf Gerd Kaminskis Jeansanzug, er wirkte

souverän und erwachsen. Aber ich stand nur hilflos da, den Blicken preisgegeben, in denen ich die Frage las: Was für eine Hose? Ist das ein Mädchen oder ein Junge? Was für eine aberwitzige Hose!

Man kann es sich in dem Augenblick nur schwer vorstellen, aber jeder Tag geht einmal zu Ende. Auch dieser. Dass dies alles nur ein Vorspiel war, dass die Behaarung immer aberwitziger werden würde, dass ich später mit unwürdigen Grimassen vor dem Spiegel mit einer Nagelschere Nasenhaare aus den Nasenlöchern schneiden müsste, das wusste ich damals nicht. Und es hätte mich auch nicht getröstet seinerzeit, am Tag meiner Jugendweihe.

## Trabantverleih

Er war 1990, als ich über eine Straße ging, und mir plötzlich auffiel, wie viele Trabantwracks inzwischen herumstanden. Sie standen an Kreuzungen, lagen in Müllcontainern, in den Wäldern standen abgebrannte Trabbis und ausgeglühte Karosseriegerippe.

Noch Monate vorher waren die Plastfahrzeuge der Stolz dickbäuchiger Familienväter gewesen, die am Wochenende stundenlang mit Spezialausrüstung an ihren Trabbis zu Gange waren, beispielsweise einem an den Gartenschlauch anzuschließenden Handfeger, aus dem dann wie aus einem Duschkopf das Wasser kam. Beim Grillen kreisten die Gespräche dann um die neuen mit Schraubenfedern, demnächst mit VW-Motor. Doch dann war alles anders gekommen. Jugendliche fuhren jetzt mit Trabants herum, sie waren bunt bemalt oder mit Gedichten bepinselt. Bei anderen klebten Zettel an den Scheiben: »Zu verkaufen, 100 Mark VB«, »Zu verschenken!« oder »Als Ersatzteilspender an Liebhaber abzugeben.«

Es gibt Augenblicke, in denen alles klar zu werden scheint, in denen eine einzige Idee alle Probleme der Welt löst. Mir kam sie, als ich an einem dieser Trabbis vorbeiging. Die Idee war: Trabantverleih. Wie jede geniale Idee war auch diese ganz einfach: Jeder auf der Welt hatte die Bilder vom Mauerfall gesehen und von den merkwürdigen Autos, die nur in diesem kleinen Minideutschland fuhren. Das hatte die Ausländer sogar mit der Idee eines vereinten Deutschlands versöhnt, denn wer so komische Autos fuhr, der konnte nicht gefährlich sein.

Und jetzt waren sie so billig zu haben, für ein paar 100 Mark schon, manche gab es sogar geschenkt. Und sie waren einfach zu reparieren: »Kannste noch alles dran selber machen!« Der Trabbi war wirklich das perfekte Auto – billig, stabil, Ersatzteile gab es vor der Haustür gratis, und man konnte mit ihm so gut wie alles transportieren oder einfach nur zum Spaß damit herumfahren. Jeder, aber auch wirklich jeder in Deutschland hatte schon von diesen Autos gehört, und gern würde, da hatte ich überhaupt keinen Zweifel, so mancher mal eine Runde mit so einem Wagen drehen. Und wenn nur jeder zehnte, selbst nur jeder hundertste Westberliner einmal mit dieser Legende auf Rädern fahren wollte, würde ich schon ein großartiges Geschäft mit meinem Trabantverleih machen.

»Rent a trabbi« könnte er heißen oder irgendwas mit East Side. Vielleicht DM 15,– pro Stunde, DM 50,– pro Tag? Englisch natürlich, 15,– Deutschmark per hour, 50,– Deutschmark per day. Dann für die Telefonnummern müsste ich natürlich jemanden im Westen haben mit Telefon, alles andere hätte keinen Sinn. Dann noch eine Ostnummer. Wie man sich verständigt, müsste man noch klären, vielleicht mit Boten? Im Osten auch Telefon, klar, das ginge nicht ohne.

Sogar einen Standort hatte ich schon. Am Alexanderplatz gab es zwischen den Hochhäusern des Hotels Stadt Berlin und dem des Berliner Verlages, gegenüber den großen Glasfenstern des Pressecafés, zwischen zwei dreispurigen Fahrbahnen inmitten des Verkehrs ein ungenutztes, mit Ketten abgesperrtes Areal. Das war der perfekte Ort zur Aufreihung meiner Trabbiflotte, ich sah sie schon lackglänzend in der Sonne stehen.

Durch die vielen Zeitungen im Verlagshochhaus würde auch die Presse schnell davon erfahren, was das an Geld für Werbung sparte! Nur das zuständige Amt müsste ich herausfinden, nachfragen, zu welchen Bedingungen man den Platz anmieten konnte. Aber das würde schon irgendwie klappen, immerhin würde ich ja dafür bezahlen, leicht verdientes Geld für das entsprechende Straßenamt, und Geld brauchten die Verwaltungen ja mehr als sie hatten. Und jeder, wirklich jeder, der durch Ostberlin führe, würde unweigerlich meine Trabantflotte passieren. Unübersehbar im Herzen der Hauptstadt, wo es bald für jeden Touristen zum Pflichtprogramm gehören würde, einmal eine Runde mit einem Trabbi zu drehen. Ein kleines Faltblatt sollte man ihnen in die Hand drücken, klar, damit man nicht jedem wieder neu erklären müsste, wo der Choke ist und dass man den Benzinhahn auf- und zudrehen muss. Natürlich blieben die auch oft liegen, da müsste man einen Pannendienst organisieren und dafür sorgen, dass die Leute schnell einen Ersatzwagen bekämen.

Also Telefon beschaffen und etwas Geld zum Anschub des Ganzen.

Als Erstes versuchte ich es bei der Berliner Sparkasse am Alexanderplatz. Aufbau Ost, eines von diesen Programmen müsste doch zu mir passen: Jungunternehmer mit zugkräftiger, ja genialer Geschäftsidee sucht Starthilfe. Ich hatte mir ein graues Jackett und eine saubere Jeans angezogen und saß nun vor dem Schreibtisch des Bankiers, dem ich mein Anliegen erklären sollte.

»Wissen Sie, die Trabbis sind so billig, da reichen schon 5000 Mark zur Anschaffung von zehn erstklassigen Wagen, dazu vielleicht zwei Kübelwagen als Clou, und bei der Summe hätten sie auch alle TÜV.« Ich zeigte ihm meine Skizzen des Verleihs auf dem Mittelstreifen der Frankfurter Allee, doch der Beamte von der Sparkasse schien noch nicht überzeugt:

»Was hätten Sie denn für Sicherheiten?«

»Na, erstens habe ich ja schon zwei Schrott-Trabbis. Aber wenn ich dann die technisch etwas besseren habe, mit neuem TÜV und so, dann wären die natürlich auch Sicherheiten.« Der Bankier musste sich keine Bedenkzeit ausbitten, seine Ablehnung kleidete er in freundliche Worte, und ich stand wieder auf dem Alexanderplatz.

Ich erkundigte mich, ob jemand jemanden kannte, der Geld hätte. Doch niemand kannte einen oder wollte es zugeben. Bis auf Dodsch, der sagte:

»Ich kenne da einen Biologen, der hat 'ne Villa in Dahlem, arbeitet dort am Institut für Parasitologie, der hat zwar Geld wie Heu, aber bei dem musste aufpassen, das ist ein Pädophiler.« Nicht, dass ich mich in dieser Richtung veranlagt fühlte, aber ich war ja mit 20 Jahren kein Kind mehr und hatte einfach von niemand anderem mit Geld gehört.

Ich rief an, besuchte ihn in seiner Villa, wo wir von einem schokoladenbraunen jungen Mann aus Sri Lanka bedient wurden. Das war sein Adoptivsohn. Der Biologe hieß Lothar Schulz, war Anfang sechzig und hatte kleine flinke Augen und einen kahlen Schädel mit Resthaarbüscheln hinter den Ohren. Er schlug mir vor, gemeinsam ins Elbsandsteingebirge zum Wandern zu fahren, und ich sagte zu.

Er holte mich morgens ab und sah sich dabei neugierig in dem heruntergekommenen Treppenhaus um. Er war sehr überrascht, dass hier auch Frauen lebten: »Gibt es da keine Eifersüchteleien?« Wir fuhren los, manchmal ließ er auch mich ans Steuer; er hatte einen weißen VW Käfer. Jugendbewegt sei er gewesen und eigentlich noch immer, bündische Jugend und später Hitlerjunge. Er hatte einiges erfunden gegen Kakerlaken, die Patente hatten ihn wohlhabend gemacht. Ich wollte mit meiner Frage nach einem Darlehen noch etwas warten, einen günstigen Moment abpassen.

Eigenartige Szenen dann in dem Zelt, den Rücken sollte ich ihm mit Öl einmassieren. Ich tat es für den Aufschwung Ostdeutschlands und mit der Angst, er könnte sich umdrehen und mich küssen. Doch es ging glimpflich ab, und am nächsten Tag, während wir an den langweiligen Sandsteinfelsen vorbeiwanderten, rückte ich mit meinen Plänen heraus und den damit verbundenen Geldsorgen.

»Geld und Freundschaft soll man nicht vermischen«,

antwortete er, und es war wohl eine Ablehnung, die mich umso mehr schmerzte, als ich auf die Freundschaft gern verzichtet hätte, wenn ich dafür an etwas Kapital gekommen wäre. Außerdem, gab er mir zu verstehen, hielt er es nicht für gut, die umweltschädliche Zweitaktertechnik zu unterstützen.

Mühsam kratzte ich 1500 Mark zusammen und hatte nun endlich einen Kübel-Trabbi. Aber es kostete dann noch einmal so viel, bis ich ihn durch den TÜV hatte. Weiter blieb das Problem, an Geld zu kommen, um die Trabbiflotte zu vervollständigen. Ich setzte Anzeigen in die Zeitung: »Abenteuer muss nicht teuer sein!«, »Alle Menschen sind Touristen, fast überall!«, jeweils mit dem Bild eines Kübel-Trabbis, und darunter stand *EastSideSeeing* und meine Telefonnummer. Ich bekam nicht gerade viele Anrufe, aber ein paar Stadtrundfahrten im Kübel-Trabbi machte ich doch. Ich stand Unter den Linden nicht weit vom Kischcafé, Japaner fuhren gern mit mir durch die Stadt, aber eigentlich alle Touristen. Ich erklärte die Stadt, so gut ich konnte. Beim Kollwitzplatz, wo ein bronzenes Denkmal an die Malerin erinnern soll, sagte ich:

»Die Trinkerin, das Denkmal heißt ›Die Trinkerin‹.« Oder auf Englisch: »The drinking woman memorial«, und die Touristen nickten beeindruckt von der Tiefe der Empfindung und dem Elend, das in dem anklagenden Metallblock zum Ausdruck kam. Oder auf dem großen Stern um die Siegessäule herum:

»Hier die Siegessäule, die stand früher vor dem Reichstag. Hitler hat die hierher gestellt.«

»Aha«, sagte die Oma aus Westdeutschland, »steht aber auch nicht schlecht hier.« Aber richtiges Geld war damit nicht zu verdienen. Die Fahrgäste wollten ständig den Preis drücken, und bei Kälte und Regen lief gar nichts. Sehr stolz war ich auf meine Werbekampagne. Die Werbetexte wurden immer wilder, so wie der Kübel-Trabbi auch immer schlimmer aussah; das Verdeck hatte mittlerweile große Triangeln, durch die das Regenwasser auf die Sitze lief, der Beinraum füllte sich mit Abfall, Katzen und Betrunkene pinkelten hinein.

Gerade, als ich wieder neue Werbezettel entwarf – der Text lautete: »Drive the car like a percussion instrument until your fingers begin to bleed a bit« – rief mich der Diener oder Liebhaber von Lothar Schulz an:

»Dem Lothar geht's nicht gut, seine weißen Blutkörperchen vermehren sich sprunghaft. Weißt du, was das bedeutet?« Wusste ich nicht, aber er erklärte es mir: Blutkrebs. Vielleicht, weil ich das Gefühl hatte, dass er wirklich an eine Freundschaft zwischen uns geglaubt hatte, besuchte ich ihn. Er hatte einen bitteren Zug um den Mund, sah müde aus und erschöpft. Wir redeten über dies und das, ich zeigte ihm meine neuesten Werbezettel. Er fragte vorsichtig:

»Sollte man nicht wenigstens ahnen können, *wofür* es Reklame ist?« Das traf mich ziemlich, es war mehr als eine sachliche Kritik, es war ein vernichtendes Urteil über mein ganzes künstlerisches Konzept. Ich ließ mir aber nichts anmerken, einige Wochen später war er tot, regelrecht verhungert, erfuhr ich. Und wegen des Kübel-Trabbis bekam ich langsam ziemlich ernsthaft Ärger mit der Polizei.

# WLADIMIR KAMINER

Geboren 1967 in Moskau. Seine Lehren aus einer abgeschlossenen Ausbildung zum Toningenieur an der Theaterhochschule Moskau setzte er erfolgreich bei einem dreijährigen Militärdienst in der Sowjetarmee um. Danach beabsichtigte er, zu seiner Frau in die Kleinstadt Grosny zu ziehen. Da die russische Regierung nicht wollte, dass irgendjemand nach Grosny zieht, verließ er aus Protest Russland. Er bezahlte eine Fahrkarte nach Paris und stieg wegen ausschließlicher Kenntnisse kyrillischer Buchstaben in Berlin aus. Dieser Fehler wurde mit einer einjährigen Unterkunft in einem Ausländerheim in Marzahn bestraft, und er beschloss, schleunigst Deutsch zu lernen. Auf Grund der deutschen Quotengesetze konnte er seine neuen Sprachkenntnisse sofort in schriftlicher Form in verschiedenen Zeitungen und Zeitschriften anwenden: *Frankfurter Rundschau, FAZ, Freitag, Junge Welt, taz, Sklavenaufstand* und *Gegenwörter.* In mündlicher Form brachte er sie bei Lesungen und Rundfunkbeiträgen zu Gehör.

## Militärmusik

Dass ich damals zur Armee musste, daran ist John Lennon schuld. Im Dezember 1985 beschloss ich mit Freunden, ein Happening zu veranstalten, anlässlich des fünften Todestages von John. Bei minus 20 Grad kletterten wir auf eine Hinterhofremise, warfen mehrere alte Schallplatten herunter und riefen: »John Lennon lebt!« Trotz träger Handlung und miserablen Wetters hatte unsere Aktion großen Erfolg. Nach zehn Minuten war der Hof von neugierigem Publikum überfüllt. Nach 20 Minuten kam die Polizei und holte uns vom Dach: »Es reicht jetzt«, sagte der Einsatzleiter zu mir. »Du hast unser Vertrauen missbraucht. Ich will dich hier nicht mehr sehen. Entweder kriegen wir dich wegen Vandalismus dran, oder du meldest dich freiwillig zur Armee«, meinte er und zündete sich eine Zigarette an.

So musste ich mich dem Schicksal beugen und mit 20 weiteren Soldaten, drei Raketen und einem Offizier in den Wald ziehen. Wir hatten kaum etwas zu tun, außer den Hof hinter den Baracken zu fegen und die Raketen zweimal im Jahr neu zu streichen, damit sie immer schön grün waren.

Während der zwei Jahre, die ich im Wald verbrachte, beobachtete ich mit großem Interesse, wie sich die Jahreszeiten abwechselten. Von Mitte September bis Mitte März fiel

Schnee, und die Sonne stand im Zenit. Von Mitte März bis Mitte Mai fiel Regen, und die Sonne wanderte nordwärts. Ich fing eine Eidechse, präparierte sie und bemalte sie mit grüner Farbe. Von Mitte Mai bis Mitte August blieb es trocken. Die Sonne wanderte südwärts, und mir gelang es, eine weitere Eidechse zu fangen. Ich präparierte sie und bemalte sie grün. Von Mitte August bis Mitte September gewitterte es. Die Sonne stand im Zenit, und ich eröffnete im Hinterhof unserer Baracke eine Naturkundeausstellung. Zur Eröffnung kamen 20 Soldaten und der Offizier. Alle waren begeistert. Deswegen durfte ich das Amt des stellvertretenden Vergnügungsorganisators übernehmen.

Zu meinen Pflichten gehörte jetzt die musikalische Gestaltung des Tages. In der Baracke hatten wir einen alten »Heimat«-Plattenspieler und fünf Schallplatten. Es war allein meine Entscheidung, welche Platte zuerst gespielt wurde. Zu diesem Zeitpunkt kannten die 20 Soldaten das Repertoire schon auswendig und hatten eine sehr enge Beziehung zu dieser Musik entwickelt. Beim Aufstehen um sechs legte ich die Gruppe »Drehende Steine« auf. Die Platte hieß »Lass das Blut fließen« und wurde von mir als Weckmusik und gleichzeitig als Stimmungsmuster für den Tagesbeginn verordnet. »Nicht immer läuft alles, wie du denkst«, schrie der Sänger, und 20 Soldaten sprangen aus ihren Betten. »Nicht immer kriegst du, was du willst«, rief der Sänger, und 20 Soldaten gingen zum Frühstück in den Speisesaal. Nach dem Frühstück spielte ich die Platte mit dem roten Frauenbein auf dem Cover. Sie hieß »Rhythmische Gymnastik« und diente als

Aufruf zu Arbeitsmaßnahmen. Die weibliche Stimme aus dem Lautsprecher klang sehr munter. Sie versprach Stärkung der physischen und geistigen Gesundheit, gute Laune rund um die Uhr und eine Straffung der Figur für alle, die an die heilsame Kraft der rhythmischen Gymnastik glaubten. Alle Übungen begannen mit dem Befehl. »Und ...« Im gleichen Rhythmus schoben meine Kameraden schnell den Schnee vom Hof, richteten die Raketen neu auf und putzten die Baracke. Mittags gab es immer Suppe. Danach saßen alle im Hof, und ich wechselte die Platte. Für unsere Ruhestunden am Nachmittag hatte ich eine Extraschallplatte mit meditativer Musik. »Stellen Sie sich vor«, so begann eine tiefe männliche Stimme, »Sie sind im Wald. Sie hören das Flüstern der Bäume und das Singen der Vögel. Ihre Augen schließen sich. Sie sind entspannt.«

Zwei weitere Schallplatten, die ich abends abspielte, waren von russischen Bands. Die eine hieß »Rote Gitarren«: ukrainische Schlagermusik mit der Sängerin Sofia Rotaru. Die zweite Band hatte den Namen »Erdlinge« und spielte Heavy Metal. Abends saßen wir am Tisch, rauchten selbst gedrehte Zigaretten und zockten mit selbst gemachten Karten. Die »Erdlinge« sangen: »Du schuftest und schuftest, gehst müde ins Bett und träumst dann nicht von den Mädels, sondern vom grünen Gras, das im Garten deines Hauses wächst.«

Ich sah besorgt aus dem Fenster, die Sonne stand wieder im Zenit. Bald waren meine zwei Jahre um. Als ich nach Hause kam, wurde ich von meinen Verwandten und Bekannten herzlich begrüßt. Als Erstes fragten sie mich, wo ich so lange geblieben war und warum ich mich nicht hatte blicken lassen.

## Was macht eigentlich Mathias Rust?

Im Sommer 1997 versammelten sich Hunderte junger Menschen auf der großen Brücke vor dem Roten Platz, wo zehn Jahre zuvor Mathias Rust seine Cessna 172 zur Landung gebracht hatte – und warfen unzählige Papierflieger herab. Es war ein romantisches Bild: Die Papierflieger bedeckten eine Weile den Fluss und verschwanden dann langsam in der Tiefe des Moskausees. So ähnlich verschwand damals auch Mathias Rust, als das Medienspektakel vorbei war. Ich werde ihn nie vergessen, denn ich war zu diesem Zeitpunkt Soldat bei der Flugabwehrzentrale, 100 Kilometer von Moskau entfernt, und bei uns war seinetwegen mächtig was los.

Unsere bescheidene Einheit verfügte über ein Radargerät mit einer Reichweite von 400 Kilometern, drei Raketen, 20 Soldaten und vier Offiziere, die sich alle zwölf Stunden im Dienst abwechselten. Der eine Offizier war Säufer, der andere schwul, der dritte ein Komiker und der vierte ein Karrierist. Normalerweise verlief unsere Wache ziemlich ruhig. Der Säufer brachte immer ein paar Flaschen zu trinken mit, und der Schwule trug lustige Perücken. Alle Offiziere waren nämlich glatzköpfig, wegen der Radarstrahlung. Der Komiker erzählte uns abgegriffene Armeewitze, und der Karrierist starrte unentwegt auf den Radarschirm. Bis eines Tages diese

Cessna auftauchte und uns alle zum Narren hielt. Es war wie im Krieg, keine gemütlichen Schichtdienste mehr, sondern 24 Stunden Ä volle AgU. Eine ganze Woche lang machte Mathias mit uns, was er wollte. Mal verschwand er vom Radarschirm, dann tauchte er wieder auf, aber wir wussten nicht, ob es dasselbe Flugzeug war oder nur ein betrunkener Kolchosvorsitzender, der zu seiner Tante flog. Im russischen Luftraum wimmelte es damals von kleinen Flugzeugen ohne Funkgerät, weil das ein Luxusteil war, das gerne geklaut wurde, für Haus, Hof und Garten. Fliegen können alle Russen, sie sind bekanntlich geboren, um zu fliegen. Und das taten sie auch, aber eigentlich nie Richtung Moskau. Ein dreifacher Flugabwehrring um die Hauptstadt sorgte dafür, dass man in der russischen Provinz unter sich blieb.

Mathias Rust wurde uns zum Verhängnis. Er landete mehrmals. Wir saßen vor dem Radarschirm, ohne Frühstück, ohne Zigaretten und irgendwo da draußen, in den unendlichen Kartoffelfeldern Russlands, saß Mathias Rust und bediente sich mit russischem Benzin.

Der Säufer hatte Glück: Kurz bevor Rust auftauchte, wurde er wegen eines kleinen Brandes, den er im Offiziersaufenthaltsraum veranstaltet hatte, für zwei Wochen vom Dienst suspendiert. Er suchte im Dunkeln nach einer Flasche mit hochprozentigem Alkohol und benutzte dabei Streichhölzer. Die Flasche kippte um, und er kam in den Flammen beinahe ums Leben.

In der Nähe von Jaroslavl verschwand die Cessna und tauchte zwei Tage später wieder auf dem Radarschirm auf.

Wir schoben pausenlos Wache, Rust kreiste derweil über unseren Köpfen. Der Komiker sagte: »Das ist ein fliegender Schnapsladen, der umkreist genau die Gebiete, wo sie Versorgungsprobleme mit Schnaps haben.« Der Schwule hatte Dienst, als Rust nur noch 100 Kilometer von unserem Posten entfernt war. Er wurde immer nervöser, konnte die ganze Nacht nicht ruhig sitzen und schwitzte dabei wie eine Sau. Der Karrierist dagegen bewahrte Ruhe. In der Nacht, als er Dienst hatte, flog Rust direkt über uns. Man meldete ihm ein unidentifizierbares Flugzeug. Man brauchte kein Radar mehr, um es zu sehen. Der Karrierist schlug die Dienstvorschriften auf, in denen stand: »Bei jeder Panne zuerst den Vorgesetzten informieren.« Der Karrierist griff zum Telefon und meldete den Vorfall dem Divisionsstab. Der diensthabende Stabsoffizier rief den Korpuskommandanten an, der wiederum seinen Vorgesetzten benachrichtigte – so ging es immer weiter, bis Rust vor dem Roten Platz landete. Daraufhin sagte der damalige Marschall der Flugabwehrkräfte Archipow: »Ich führe eine Armee, die aus unfähigen, karrieresüchtigen Idioten besteht, die sich jeder Verantwortung entziehen« – und erschoss sich. Es kam zu einer Kettenreaktion, zu einer Serie von Selbstmorden bis runter zum Stabsoffizier.

Unser Säufer sagte: »Schade, dass ich in der Nacht nicht am Hebel saß. Den Spinner hätte ich sofort vom Himmel weggepustet, ohne den lieben Gott um Erlaubnis zu fragen.« Nach diesem Vorfall verloren viele Offiziere ihren militärischen Schneid und wurden nachdenklich. Auch bei der Zivilbevölkerung sorgte die 1000-Kilo-Friedenstaube für eine gewisse Lockerung ihres Weltbilds. »Ihr seid kein Imperium des Bösen, sondern nur ein Teil der Welt, in dem man auch mal notlanden kann«, lautete für viele Russen die Botschaft, die Rust mitgebracht hatte. Natürlich gab es auch Leute, die sein Handeln als eine Art blöde Anmache begriffen. Der sowjetische Oberstaatsanwalt forderte damals für Rust ein Minimum von zehn Jahren Gefängnis und war sehr sauer. Mathias kam jedoch ziemlich schnell frei; nach anderthalb Jahren war er wieder in Deutschland.

Zwei Jahre später stand Rust aber erneut vor Gericht: wegen versuchten Mordes. Die Schwesternschülerin Stefanie Walura wollte den Zivildienstleistenden Mathias nicht küssen, sie sagte ihm, dass sie seine Geschichten über die Landung auf dem Roten Platz nicht beeindruckten und dass er bei ihr niemals so leicht landen könnte. Obendrein bezeichnete sie ihn als geilen Bock. Unsere Friedenstaube stach daraufhin mit dem Messer auf sie ein.

Dafür bekam Mathias Rust noch einmal eine zweieinhalbjährige Strafe aufgebrummt. Eines Tages wurde er jedoch versehentlich und vorzeitig aus dem Gefängnis entlassen. Danach verliert sich seine Spur. Ein Bekannter von mir, ein einst von einem russischen Schiff geflüchteter Seemann, der sich zufällig in der Ruststadt Wedel niederließ, erzählte mir, dass Mathias, der im sowjetischen Knast gut Russisch gelernt habe, angeblich in einem Hamburger Puff an der Reeperbahn sein Glück gefunden hätte: Er hätte sich in eine gewisse Natascha verliebt und sogar einen Kredit aufgenommen, um sie von einigen Jugoslawen freizukaufen. Im letzten Sommer hätten die beiden geheiratet, und nun würden sie in Kürze einen kleinen Rust erwarten, der die Weltgeschichte weiterschreiben wird. Denn die Geschichte wird von Kleinflugzeugen gemacht, gegen die die Großraketen machtlos sind.

## Die Jungfrau von Potsdam

Mit dem Linienbus Odessa–Potsdam kam Lisa in diesem Sommer nach Deutschland. Sie wollte ihren Vater besuchen und sich hier ein wenig Geld verdienen. »Liebe Lisa«, war in dem Brief ihres Vaters gestanden, »ich hatte Glück. Endlich bin ich nicht mehr arbeitslos. Mehr noch – ich habe auch für dich einen Job besorgt. Du kannst als Jungfrau bei uns auf dem Friedhof 10 Mark die Stunde verdienen! Das ist kein leicht verdientes Geld, aber ich werde dir dabei helfen.«

Vor zwei Jahren war Lisas Vater von Odessa nach Potsdam ausgewandert. Er kam allein, obwohl er durchaus seine Familie hätte mitbringen können. Dafür hätte er bloß Lisas Mutter noch einmal heiraten müssen. Sie selbst sagte ihm sogar: »Heirate mich doch noch einmal, dann kann unsere Tochter auch nach Deutschland.« Er wollte aber nicht, es war eine Art Rache dafür, dass Lisas Mutter ihn vor sieben Jahren verlassen hatte. Damals musste er jede zweite Nacht mit einem ärztlichen Notdienstwagen durch die Stadt fahren, um Armen und Kranken zu helfen. Er war zwar nur der Fahrer, konnte aber unter Umständen den Patienten auch eine Injektion verpassen oder einen Verband anlegen.

Lisas Mutter ging derweil mit einem Schwimmlehrer aus. Ihr Mann rettete Nacht für Nacht Menschenleben, und sie fuhr ans Meer und tummelte sich im warmen Wasser. Nackt! Diese Geschichte war zwar schon lange her, und für den Schwimmlehrer war Lisas Mutter auch nur ein kleiner Zwischenstopp auf seiner großen Seefahrt – er ist dann bald weitergeschwommen – trotzdem wollte Lisas Vater seine Exfrau nicht noch einmal heiraten und fuhr allein nach Potsdam. Ein Jahr lang quälte er sich mit der Arbeitssuche. Sein Führerschein wurde in Deutschland anerkannt, doch mit 46 Jahren und so gut wie ohne Sprachkenntnisse wollte ihn niemand einstellen.

Er gab aber die Hoffnung nie auf und war bereit, jeden Job zu erledigen. Eines Tages lernte er einen Russen kennen, der gerade ein Bestattungsunternehmen in Potsdam eröffnet hatte und ihm einen Job anbot. »Ich will hauptsächlich unsere Landsleute hier begraben. Ein russisches Bestattungsunternehmen ist ein Geschäft mit großer Zukunft. Du weißt, wie abergläubisch die Russen sind. Kein einheimischer Anbieter kann ihre Begräbniswünsche befriedigen. Und bei mir werden sie genau wie zu Hause unter die Erde gebracht. Wenn du willst, kannst du als Angehöriger bei mir einsteigen«, bot ihm der Mann an.

»Als wessen Angehöriger?«, fragte Lisas Vater verständnislos.

»Als aller Angehöriger«, erklärte ihm der Bestattungsunternehmer. »Die Russen wollen immer, dass der Verstorbene auf seiner letzten Reise von möglichst vielen Menschen begleitet wird, die meisten haben aber so gut wie gar keine Verwandtschaft hier. Deswegen muss man das für sie organisieren. Außerdem bieten wir einen besonderen Service an: Jeder Verstorbene bekommt ein Handy von der Agentur gratis, damit er anrufen kann, falls er nur scheintot war. Auch die Verwandten können ihn unten anrufen, wenn sie am neunten und am vierzigsten Tag seiner gedenken.«

»Und haben Sie schon viele Anrufe von unten bekommen?«, fragte Lisas Vater misstrauisch.

»Um Gottes willen! Da wäre ich vor Angst bestimmt selbst gestorben«, antwortete der Leichenbestatter. »Zur Sicherheit entferne ich immer eigenhändig die Batterien, bevor ich die Geräte in den Sarg lege«, fügte er nach einer Pause dazu. »Was ist? Nimmst du den Job oder nicht? Wunderbar! Jetzt brauchen wir nur noch eine Jungfrau!«

»Wozu denn eine Jungfrau?«, wunderte sich Lisas Vater.

»Woher kommst du eigentlich? Das ist doch ein alter russischer Aberglaube: Eine Jungfrau muss die erste Schaufel Erde aufs Grab werfen.«

»Was bringt das?«, fragte Lisas Vater.

»Nichts bringt das. Aber die Kunden sind dann glücklich und zufrieden«, erklärte der Bestatter und sah Lisas Vater an, als wäre der ein kompletter Idiot.

Schon seit Monaten hatte er in Potsdam nach einer für den Job passenden Jungfrau gesucht – vergeblich. Die Kandidatinnen sahen entweder zu alt oder zu wenig jungfräulich aus, oder sie sahen zwar gut aus, wollten dann aber eine zu hohe Gage. So kam Lisa nach Potsdam. Zusammen mit ein paar älteren Frauen und ihrem Vater arbeitete sie zwei Monate lang bei dem Bestattungsunternehmen – als Angehörige sowie als Jungfrau vom Potsdamer Friedhof. Ihre Kollegen gaben ihr den Spitznamen »Die Jungfrau mit der Schaufel«. So hieß ein berühmtes Denkmal vor dem Pavillon der Landwirtschaftsausstellung in Moskau. Das Beerdigungsgeschäft lief gut, die wohlhabenden Russen starben im Brandenburger Exil wie die Fliegen.

Auf dem Friedhof herrschte jedes Mal eine feierliche Atmosphäre, es waren immer ziemlich viele Menschen anwesend. Der Bestatter schleppte vor dem Ritual einen Haufen schwarzer Kopftücher in einer Bierkiste an und verteilte sie dann an seine Brigade. Alle mochten Lisa. Jedes Mal, wenn sie dienstlich auf dem Friedhof aufkreuzte, liefen die Leute zu ihr: »Ihre Oma ist tot, herzliches Beileid!«, sagten sie, umarmten Lisa und versuchten, ihr an den Hintern zu fassen. »Geben Sie dem Mädchen eine Schaufel«, rief der Bestatter ins Publikum.

Nach zwei Monaten war ihre Zeit als Jungfrau um. Sie bekam von dem Bestatter 1000 Mark und ein dickes Buch, »Die schönsten Friedhöfe Potsdams«, als Geschenk noch dazu. Der Linienbus »Potsdam–Odessa« brachte Lisa nach Hause zurück.

## Andreas Krenzke
## (alias Spider)

Mit der Kommunikation ist das so eine Sache.
Frauen reden vom Mysterium der Geburt.
Männer erzählen von der Zeit bei der Armee.
Beides entzieht sich meiner Erfahrung.
Um auch mal etwas beisteuern zu können,
begann ich Geschichten zu erfinden.
So kam ich zum Schreiben.
Mein bürgerlicher Name ist Andreas Krenzke.
Aber das wissen nur meine Eltern und der
Gerichtsvollzieher.

## Sex & Drugs & Rock 'n' Roll

Flammende Feuerzeuge, kreischende Backfische, fliegende Teddys.

Die Band *Deathinfektion* spielte als Zugabe zum vierten Mal ihren Hitparadenkracher »Schwarze Göttin«. Danach durften die Roadies abbauen. Ich ging als Einziger von der Band zum Backstageausgang. Natürlich geht sonst niemand hinten raus, denn da lauern die Groupies. Stars, die ja immer ihre Ruhe haben wollen, gehen zum Hauptausgang und keiner bemerkt sie. Aber ich hatte mich noch nicht zum Star machen lassen. Ich war noch nicht vom Geld gekauft, von der Presse prostituiert und vom Kokain korrumpiert worden. Ich war ein ehrlicher Musiker, ich machte das alles nur wegen – *Sex*.

Als Bassist einer Boygroup trieb ich weit über die Grenzen Weißensees hinaus Mädchendrüsen zu erhöhter Hormonproduktion. Und meine eigenen Hormone sollten an diesem Abend nicht ungenutzt in meinem drogenverseuchten Körper versickern. Die Limousine war poliert, das Apartment gesaugt, das Bett frisch bezogen.

Als ich die Hintertreppe hinabschritt, kreischten sie sich die Stimmbänder wund. Dann erblickte ich *sie*, und die Würfel waren gefallen. Sie mochte sechzehn sein, sah aber aus wie zwölf. Ich sah ihr tief in die Augen, und sie fiel bewusstlos in meine wartenden Arme. Ich packte sie auf den Rücksitz meines Wagens und bettete ihr Gesicht auf meinen Schoß.

Gerade wollte mein Chauffeur Gas geben, da setzte sich eine debil grinsende Mittvierzigerin auf den Beifahrersitz. »Guten Tag, Herr Spider, ich bin die Mutti von Juliane und freue mich ganz unheimlich, Sie kennen zu lernen!«

»Ich freue mich auch«, sagte ich. Das war zwar dummes Zeug, aber in dieser Sekunde begann ich Blödsinn zu reden, und es hat bis heute nicht wieder aufgehört. Jedenfalls kam ich nicht dazu, das Mädchen wach zu küssen, denn die alte Schachtel, deren Tochter sie war, quatschte mir Blasen ans Ohr.

»Ich begleite Juliane zu allen Konzerten. Das hält mich jung. Ich weiß noch, wie verrückt ich in ihrem Alter nach den Beatles war. Hahahaha – hahahaha. Wir haben alle CDs von Ihrer Band, und ich kann alle Lieder mitsingen. Wir sind sozusagen *beide* Fans.« Dann fing sie tatsächlich auch noch an zu singen, und zwar unseren ersten Hit:

*Alleine sitze ich hier in meinem Raum,*
*gestern bist du gegangen, ich glaube es kaum,*
*ich seh aus dem Fenster, es ist ein kalter, grauer Tag*
*Nebel hängt über der Stadt*

Refrain:

*Wann kommst du zurück, wenn überhaupt,*
*nichts ist von Dauer, auf dieser Welt,*
*das Einzige, was zählt, ist Geld.«*

Nahtlos ging sie zu unserer Ökoballade über:

*Geldgier und Machtwahn zerstören unsere Umwelt …*

Ich musste sie unbedingt loswerden. Das Töchterlein war aufgewacht und fing erst hysterisch an zu lachen, dann zu heulen. Hoffentlich pullerte sie nicht noch ein. Nein, sie übergab sich vor Aufregung: »Mutti, Mutti ist das nicht Wahnsinn, ich habe in Spiders Auto gebrochen!«

Mutti machte ein Foto.

»Scheiße, Scheiße, Scheiße!«, dachte ich, als wir bei mir im Treppenhaus waren. Danach dachte ich ein paar Sachen, die sich nicht so prägnant zusammenfassen lassen. Dann dachte ich noch: »Der Weg zur Muschi der Tochter führt durch das Herz der Mutter.« Oh Mann. In meiner Wohnung wurden dann in wechselnden Zweierkombinationen Fotos auf meinem Sofa gemacht.

»Wissen Sie, am besten finde ich ja den blonden Gitarristen, aber Sie sind auch ganz reizend.«

Einschläfern! Ich musste die Alte narkotisieren! Mit Valium, Morphium, Barbituraten. Downer – hatte ich so etwas im Haus? Vielleicht könnte ich ihr Speed geben, und sie würde explodieren.

»Ich mach uns mal was zu trinken«, sagte ich unschuldig.

»Hach, wir haben doch was mitgebracht!«, schrie Mutti und hielt mir eine Pulle Kadarka vor die Brille. Bääääh! Viel schlimmer konnte der Abend nicht mehr werden. Dachte ich.

»Also, ich habe mir das so gedacht«, sagte Mutti und legte einen neuen Film ein, »hier auf dem Sofa ist ja gutes Licht, ihr beiden schiebt mal, wie man so sagt, hihi, also ihr schiebt 'ne Nummer hier auf dem Sofa, und ich mache ein paar Fotos, und die schicken wir an die *Bravo.*« Zu diesem Zeitpunkt war ich davon überzeugt, dass es sich bei all dem nur um einen Albtraum handeln konnte, und zwar um einen von der Sorte, den ich nie weitererzählen würde.

Die Kleine begann sich auszuziehen. Plötzlich klingelte es, bumste an der Tür, und jemand brüllte »Aufmachen!«. Es waren die anderen Jungs von der Band, die »mal eben vorbeigekommen« waren. Micha und Kai schleppten einen Kasten Bier herein. André hechtete mit seinem CD-Koffer hinter die Stereoanlage, und Steve freundete sich mit der halb nackten Juliane an.

»Ist das aufregend, jetzt lernen wir euch ja alle kennen!« Biere zischten, Sektkorken knallten, in hohen Gläsern wurde Schnaps mit Brause gemischt.

»Ich war lange nicht mehr so beschwipst«, kreischte die Kindsmutter, »ach, Kinder ist das schön! Wollen wir nicht rauchen? Ich habe ewig nicht mehr geraucht! Hat jemand Blättchen? Kann noch jemand bauen?«

»Wat hast'n, is' doch cool, die Olle«, meinte André.

»Na, würde meene Mutta nich' machen«, pflichtete Micha ihm bei.

Steve schloss sich mit Juliane in meinem Schlafzimmer ein. Es war der schlimmste Tag meines Lebens.

Es ging dann noch ziemlich rund. Schließlich trank ich doch den Kadarka aus. Weil die Mutti von Juliane sich mit Kai auf dem Klo eingeschlossen hatte, kotzte ich in die Küchenspüle. Danach erinnere ich mich an nichts mehr.

Als ich am nächsten Vormittag erwachte, lag ich auf dem

Sofa und hatte Kopfschmerzen. Die Wohnung war blitzblank, als hätte es nie ein Besäufnis gegeben. Junge, Junge, dachte ich, was für ein Traum!

»Guten Morgen, Herr Spider!«, krähte es. In der Küchentür stand die Hexe: »Die Jungs sind schon gegangen. Ich habe ein bisschen sauber gemacht, so konnte ich das ja nicht zurücklassen!«

Juliane war auch wach. Sie umklammerte selig mein Nachtschränkchen und verkündete, sie werde es mitnehmen, da Steve ihr ein Autogramm darauf gemalt hatte. Mir war es egal. Ich war bloß froh, die Tür hinter ihnen abschließen zu können.

Zum Abschied gab es viel Küsschen und Geschnatter. »Danke, vielen Dank für Ihre Freundlichkeit, Herr Spider, das war wirklich ein unvergessliches Erlebnis für uns *beide*.«

Tja – und das war es auch für mich.

## Das traurige Hotel Potocki

Ich sollte mit in den Winterurlaub kommen. Ein Sommerurlaub wäre mir lieber gewesen. Das sagte ich auch so. Aber mit mir fährt ja keiner im Sommer weg. Palmen, Strand und Cocktails – gerne, denken sie alle, aber bitte ohne Spider. Die sagen das natürlich nicht so. Die suchen Ausflüchte, wie: »Aber Spider, jetzt ist nun mal Dezember. Da ist eben nur Winterurlaub drin. Komm doch mit in die Tschechei, es wird bestimmt ein schönes Silvester.«

»Ja, redet nur«, dachte ich und packte meinen Rucksack.

Wir waren zu dritt: Eva, Mr. VISAcard, den wir Mr. VISAcard nannten, weil er eine VISAcard besaß, und ich. Wir fuhren mit der Bahn. Ich bin überzeugt, dass die guten Tschechen Bierbrauer werden und die bösen Schaffner. Irgendwas, wofür sie Zuschläge oder Gebühren kassieren können, finden sie immer. Es ist grundsätzlich unmöglich, eine Fahrkarte zu kaufen, die einen tschechischen Schaffner zufrieden stellt. Nirgendwo auf der Welt sind mir üblere Bahnangestellte begegnet. Außer in Indien, wo ich einmal aus dem fahrenden Zug springen sollte, weil ich keine Platzkarte hatte.

Aber wenn man wirklich irgendwohin will, kann auch kein Schaffner verhindern, dass man ankommt. Dabei kann es ziemlich unangenehm sein anzukommen, zum Beispiel in

Velke Karlovice. Der Blick schweift über die lächerlichen Hügelkuppeln der Beskiden, die kommunistischer Geltungswahn als Mittelgebirge in die Landkarten eintragen ließ. Wir schlenderten an den ausgedehnten Industrieanlagen vorbei, die Velke Karlovice unter der Asche und dem Staub begruben, aus denen ein grausamer Gott die Einwohner dieses Ortes formt, ihnen den giftigen Odem der Post-RGW-Planwirtschaft einbläst und zu denen sie, kurz vor Erreichen des Rentenalters, wieder zerfallen.

Der Ort wurde nach dem letzten Weltkrieg aus der verbrannten Erde gestampft, welche die Wehrmacht bei ihrem Rückzug hinterließ. Zur besonderen Demütigung der Bewohner wurde ein einziges Gebäude nicht gesprengt. Das Hotel Potocki. Mir ist schleierhaft, warum das noch niemand nachgeholt hat.

Bis heute ragt dieser architektonische Tumor neben der Durchgangsstraße in die erbärmliche osttschechische Landschaft, grau, plump, monströs und von geradezu bedrohlicher Hässlichkeit.

Hier hatten wir gebucht.

Ich teilte mir ein Zimmer mit Mr. VISAcard. Keines der Zimmer im Hotel Potocki hatte eine Toilette. Manche hatten fließendes Wasser, unseres sogar eine hinter den Wasserhahn geklemmte Spiegelscherbe. Aber alle Zimmer hatten Fenster. Wozu eigentlich, man möchte sowieso nicht hinaussehen.

Außer Fenstern gibt es noch verwirrend viele Eingänge. Neben dem Hotel beherbergt das Gebäude nämlich noch ein

Restaurant, eine Kneipe, ein Kino, eine Metzgerei und eine Tankstelle.

Es regnete die ganze Zeit. Das war sicher gut für die Landwirtschaft. Ich war sowieso kein guter Wintersportler. Dank der Kneipe hielten wir bis Silvester durch. Der Kellner hatte ein Glasauge, das starr geradeaus blickte, während er das andere lustig rollen ließ. Dann verkrochen sich die Kinder schreiend unter den Tischen.

Wir fanden Freunde. Jugendliche aus dem Nachbarort, die hier ihre Ferien ablitten. Sie waren herzlich und trinkfest. Mr. VISAcard wollte sich an Plavka ranmachen. Um ihr zu imponieren, erzählte er ihr, dass *ich* eine Woche zuvor in Berlin auf einem Motörheadkonzert gewesen wäre. Leider war Plavka schon an Vlastik vergeben. Vlastik nannte mich scherzhaft »John Lennon«, weil der auch eine Brille getragen hatte. Ich nannte Vlastik scherzhaft »Plastik«.

Nachdem die Fronten geklärt waren, gab es Aprikosenlikör. Ein qualitativ hochwertiges Produkt der volkseigenen Petrochemie. Plastik schrie bei jedem der randvollen Gläser: »Ex!« und dann an die Frauen gerichtet: »Bebi-Bebi!«

Einem örtlichen Aberglauben zufolge bekam man nämlich vom Abexen Kinder. Ich hatte allerdings den Verdacht, dass dieser Likör eher abtreibend wirkte. »Ex!«, und dann: »Bebi-Bebi!« Zur Illustration holte Plastik jedes Mal eine Brust aus dem Pullover. Ich hatte noch nie einen Mann mit so großen Titten gesehen.

Zwei tschechische Mädchen standen auf und sagten, sie könnten keinen Aprikosenlikör mehr sehen und gingen jetzt auf ihr Zimmer, wer mitkäme? Ich ging mit, denn ich war jung und unerfahren. Auf ihrem Zimmer ließen sie dann eine Wodkapulle kreisen. Dazu aßen wir Zwiebeln.

Als ich im Morgengrauen – im Hotel Potocki gibt es Morgengrauen, Tagesgrauen und Abendgrauen –, als ich also im Morgengrauen auf mein Zimmer wankte, rumpelte und pumpelte es in meinem Bauch, als wären es sieben Bebis. Ich musste dringend aufs Waschbecken. Danach nahm ich die Zahnbürste von Mr. VISAcard und rührte die ganze Bescherung durch den Abfluss, denn ich bin ein sauberer Mensch und mag nicht, wenn es stinkt.

Silvester war so ähnlich, bloß hatte der einäugige Kellner Luftschlangen an die Neonröhren gehängt und seine Stereokompaktanlage von Universum aufgebaut. Eine dieser so genannten Mädchenanlagen. Evi meinte nach einigen Aprikosenlikören, ABBA und Michael Jackson würden doch ganz gute Musik machen. Mr. VISAcard tanzte mit Plavka.

»Ex!«, rief ich Plastik zu, und er antwortete: »Bebi-Bebi!« Zum Jahreswechsel hing ich wieder vor dem Waschbecken.

Für das neue Jahr fassten wir gemeinsam einen guten Vorsatz: nach Hause fahren. Raus aus Velke Karlovice. Raus aus dem Hotel Potocki. Zwar fuhren wir ein paar Tage, bevor unsere Fahrkarte gültig wurde, aber so konnten wir noch einigen Schaffnern eine Freude machen.

In Berlin wollten dann alle wissen, wie mein Winterurlaub gewesen wäre. »Ach, war ganz in Ordnung«, sagte ich. Das war nicht die volle Wahrheit. Ein Sommerurlaub wäre mir zwar lieber gewesen, aber ich wollte nicht in Groll versinken.

Man darf aus seinem Herzen kein Hotel Potocki machen.

## Eva

Europa im letzten Jahrtausend. Der kalte Winter des Jahreswechsels 1990/1991. Die SED war entmachtet, Deutschland wieder vereinigt. Seit einem Jahr war ich Facharbeiter für Betriebsmess-, Steuerungs- und Regeltechnik. Seit einem halben Jahr war ich auf null Stunden Kurzarbeit. Ich bekam tausend Mark im Monat, ohne etwas dafür zu tun. Ich war noch so jung und hatte schon so viel erreicht.

Bloß verliebt hatte ich mich noch nie.

Das musste auch dem Schicksal aufgefallen sein. Es überraschte mich in der Eisenbahn von Kopenhagen nach Oslo. Bis dahin hatte ich nichts von meiner Heterosexualität geahnt.

Dummerweise hatte mein Vater mir am Tag zuvor die Haare geschnitten. Es sollte das letzte Mal sein. Ich sah aus, als studierte ich im 6. Semester Phantastik an der Karl-Bonhoeffer-Akademie, und sollte sich überhaupt eine Frau für mich interessieren, würde garantiert ihr Blindenhund eifersüchtig. So viel zu *meinem* Äußeren.

*Sie* musste mir auffallen. Sie war pummelig, sodass ich sie auch ohne Brille sehen konnte. Sie selbst hatte eine große Brille mit rotem Rahmen und lange blaue Haare. So viele Schlüsselreize auf einmal!

Wir saßen im Nebenabteil. Mr. VISAcard, den alle Mr. VISAcard nannten, weil er eine VISAcard besaß, und ich. Wir fuhren über Silvester nach Norwegen. Ohne festes Ziel. Es uns mal so richtig gut gehen lassen. Warum nicht? Man war ja Kurzarbeiter.

Jetzt hatten wir ein neues Gesprächsthema: die elegante Art, eine Frau anzusprechen. Wir einigten uns auf den Satz: »Na, fährst du auch mit diesem Zug?« Trotzdem traute ich mich nicht hinüberzugehen. Nachher dachte sie noch, ich will was von ihr.

Also sprach sie uns an. Im Dutyfreeshop auf der Eisenbahnfähre. Sie suchte jemanden, der Tabak für sie kaufen und durch den Zoll bringen würde. Wir suchten ungefähr das Gleiche, bloß mit Krimsekt. Morgen war Silvester.

Sie hieß Eva und kam aus Köln. Wir kamen aus Berlin. »Stimmt es, dass es in Berlin keine Sperrstunde gibt?«, wollte sie wissen.

Eva fuhr auf die Lofoten. Das ist eine Inselgruppe hinter dem Polarkreis. Wir wollten auch auf die Lofoten. Na so ein Zufall! Sie staunte. Mr. VISAcard staunte auch. Niemand sagte uns, dass dort im Norden Polarnacht war, auch tagsüber.

Das Dunkel wurde von komischen Käuzen bevölkert. Man kam sich vor wie beim Vorentscheid zur Wahl von »Mister und Mistress innere Werte«. Vielleicht wurden sie von ihren Eltern frisiert.

Mit uns waren es 14. Alles Deutsche, bis auf mich und einen südafrikanischen Tierarzt. Er war der Außenseiter. Das lag an seiner Hautfarbe. Als Südafrikaner hätte er nicht weiß sein dürfen.

Die Deutschen waren zu gleichen Teilen Lehrer und Psychologinnen. Alle schon älter, alle aus Westdeutschland, alle ein bisschen borniert. Die meisten fuhren seit zwölf Jahren hierher, um sich von den Mallorcatouristen abzuheben.

»Und was studiert ihr?«, wurden wir gefragt.

»Wir studieren nicht.«

»Ach, ihr seid noch beim Abi?«

»Nein, wir arbeiten.«

»Arbeiten?«

»Arbeiten.«

Eva fand das als Einzige cool.

»Und was arbeitet ihr?«, wurden wir gefragt. Ich antwortete:

»Ich repariere Heizungen.«

»Heizungen?«

»Ja, das sind solche Dinger, die hängen an der Wand und machen warm.«

»Ich repariere Computer«, sagte Mr. VISAcard.

»Computer?«

»Computer.«

»Das ist gruselig. Computer erinnern mich immer an 1984.«

»Was war 1984?«, fragte ich.

Wir bewohnten eine Jugendherberge, die idyllisch auf Holzpfählen im Wasser stand. Der Herbergsvater war ein bärtiger Schelm, immer zu Streichen aufgelegt. Er schlich zum

Beispiel den Frauen bis zum Badezimmer hinterher und knipste das Licht aus. »Das war bestimmt diese Eva«, hieß es dann immer.

Sie war aus irgendeinem Grund unbeliebt. Auf mich wirkte das anziehend. Es weckte meinen Beschützerinstinkt. Als selbst Mr. VISAcard mir erzählte, dass er sie total bescheuert fand, hatte ich mich schon haltlos verliebt. Vorsichtshalber sagte ich ihr nichts davon.

Wir tranken Tee und unterhielten uns. Stundenlang. Sie war so intelligent. Sie konnte sich nie zwischen Natur- und Gesellschaftswissenschaften entscheiden. Darum studierte sie Philosophie und Astrophysik. Sie war auf dem Gymnasium die Beste ihres Jahrganges gewesen. Danach musste sie für vier Monate in die geschlossene Psychiatrie. Vielleicht kam sie deshalb mit meinem Haarschnitt zurecht. Sie brachte mich auf die Idee, das Abitur zu machen. »Das schaffst du!«, machte sie mir Mut. »Das schaffen die größten Trottel.« Sie mochte mich wirklich.

Wir spazierten durch die Polarnacht und fütterten die Fjorde.

Was für eine Situation! Ich war in eine Frau verliebt, die mich sogar mochte. Es gab keinen Rivalen. Alles schien perfekt. Und ich sagte ihr nichts von all dem.

Es reichte, wenn ich von meiner Liebe zu ihr wusste. Damit musste ich sie nicht auch noch belasten. Ich hielt meine Klappe. Mein Gott war ich blöd.

Die nächsten fünfzehnmal machte ich es genauso. Es waren die schönste Jahre meines Lebens. Unglücklich verliebt.

Ich kaufte Schallplatten mit depressiver Musik und rettete das ostdeutsche Brauwesen vor dem Bankrott.

Hier auf den Lofoten fing ich schon mal damit an. Ich kaufte die kompletten Biervorräte der Kaufhalle. Zwei Sechserpacks. Sicherheitshalber versteckte ich eines in der Besenkammer. Aber die ulkigen Westdeutschen hatten gar nicht so viel Durst. Man merkte, dass sie seit zwölf Jahren in Norwegen Urlaub machten. Sie waren alle nicht so für Alkohol, bis auf den Südafrikaner, der eine Flasche Whisky auf den Tisch stellte. Wir konnten auch etwas anbieten: »Krimsekt. Aber mit dem wollte niemand anstoßen. »Da sind ja russische Buchstaben drauf«, hieß es. Trotzdem kam Silvesterstimmung auf.

Kurz vor Mitternacht fragte mich eine Psychologin vertraulich: »Wer hat denn das böse Gerücht aufgebracht, dass ihr Ossis seid?«

Zum Jahreswechsel entzündete der Herbergsvater eine Wunderkerze.

Um halb zwei gingen alle ins Bettchen. Der Tierarzt auch. Aber vorher schob er uns den Whisky rüber und blinzelte uns zu. Jetzt war mein Moment gekommen. »Eva«, sagte ich, »Eva, ich muss dir was sagen … Ich habe noch ein Sechserpack Bier in der Besenkammer versteckt.«

Wir unterhielten uns glänzend. Zum Beispiel hatten wir dieselbe Lieblingsband. Von Bier zu Bier wurden wir geschickter. Es kam schon mal vor, dass ich beim Gestikulieren den Tisch umwarf. Sie gab mir – S-I-E-G-A-B-M-I-R – einen Kuss. Ich verlor das Gleichgewicht. Sie wollte mich auffangen und stützte sich dabei auf eine heiße Herdplatte. Sie war hinreißend. Im neuen Jahr tauschten wir Adressen. Dann fuhr sie nach Köln. Dann fuhr ich nach Berlin. Die Bundespost verdiente gut an uns. Briefe und Päckchen. Wie romantisch. Mal schrieb sie aus dem fernen Amerika. Mal schrieb ich aus dem heißen Ägypten. Doch wir sahen uns nie wieder.

Wir wohnten an verschiedenen Ufern der Elbe.

## Tobias Herre (alias Tube)

Ca. 31 Jahre, Kurzhaarträger. Seit 1998 bei den Surfpoeten. Programmierer, ein Kind. Ledig. Weiteres ist unbekannt. Sonstiges: Hatte schon als Baby tiefe Augenringe. Perfektes Double für »Fester« *(Addams Family)* und Max Schreck *(Nosferatu)*.

## Typischer Tagesbeginn eines werktätigen Menschen, der abends immer besonders spät zu Bett geht

Früh ist es – total früh. Es ist noch ganz besonders doll früh, so richtig superfrüh. Anders ausgedrückt: Es ist extrafrüh – mehr megafrüh, gar gigafrüh, urst ultrafrüh – wie soll ich sagen – hyperfrüh oder eben: Es ist absolut antispät – so etwa neun Uhr vormittags – noch vor dem Aufstehen.

Ich liege friedlich ins warme Bettchen gekuschelt und träume meinen Lieblingstraum: Darin stehe ich immer auf einer grünen, sonnigen Wiese in duftiger Sommerluft, ein weißer Schmetterling kommt herbeigeflogen, setzt sich in mein Haar und flüstert mir ins Ohr: »Komm, lass uns zusammen die Weltherrschaft erobern, nur wir zwei, du und ich.«

Seine Fühler kitzeln zärtlich meine Kopfhaut, der Lufthauch seiner Flügelschläge streicht sanft durch mein Haar, bis ich den Schmetterling mit flacher Hand platt klatsche.

Der Traum wäre eigentlich noch weitergegangen, doch an dieser Stelle wird er durch das elektronische Damoklesschwert, das über so vielen Träumen schwebt, beendet.

Der Radiowecker springt an und bringt die Nachrichten: Putin will Weltherrschaft, Clinton auch, Bill Gates hat sie bereits, und zwischen den Zeilen gehört, bedeutet es für mich: Du kriegst sie nie. Steh auf und geh arbeiten!

Oh nein, ist das noch superfrühzeitig, bin ich müde, ich brauche dringend Drogen zum Wachwerden, arbeiten gehen muss ich jetzt, ich muss mich sputen. Schnell aufgestanden und losgegangen zum Bäcker, dahin, wo's Kaffee gibt.

Pott Kaffee kostet hier 99 Pfennige – steht draußen dran.

»Einen Kaffee, bitte!«, sage ich zur Bäckersfrau. Sie gießt ihn ein, und während sie das Getränk zu mir herüberreicht, bemerkt sie: »Mensch, junger Mann, Sie haben ja 'n platt geklatschten Schmetterling auf der Stirn.«

Mist, ich träume immer noch. Bin noch gar nicht aufgestanden. Jetzt aber wirklich wach werden! Eins, zwei, hau ruck! … Und auf …

Mann, bin ich müde, ich brauch Drogen.

Schnell aufgestanden und losgegangen zum Bäcker, dahin, wo's Kaffee gibt.

Pott Kaffee kostet hier 99 Pfennige – steht draußen dran.

»Einen Kaffee, bitte!«, sage ich zur Bäckersfrau. Sie gießt ihn ein, und während sie das Getränk zu mir herüberreicht, sagt sie: »Junger Mann, das macht dann 99 Pfennig.«

Ha, ha, sie wollen Geld von mir, alles in Ordnung. Ich bin in der realen Welt, ich bin wirklich wach! Aus den Augenwinkeln werfe ich einen Blick auf die Uhr. Es ist schon viel zu spät – eigentlich immer noch terafrüh, aber auf der andern Seite zu spät, um den Kaffee in Ruhe auszutrinken. Ich werde ihn mitnehmen müssen.

»Gießen Sie den Kaffee bitte um in einen Plastebecher«, bitte ich die Frau hinterm Brötchentresen.

»Dann kostet er aber 2,50«, warnt sie mich.

»Wieso denn das? Hier steht doch dran, dass er 99 Pfennige kosten soll.«

»Ja, ein Pott Kaffee kostet 99 Pfennig. Ein Pott, junger Mann. Ein Pott aus Porzellan. Da steht nichts von Plastikbechern.«

Na gut, ich verzichte aus finanziellen Gründen auf den Plastebecher und verlasse die Konditorei mit einem Porzellanpott in der Hand, gefüllt mit Kaffee, der Droge zum Wachwerden.

»Halt, bringen Sie den Porzellanpott zurück!«, ruft die Bäckersfrau mir hinterher.

»Mach ich nachher, wenn ich von der Arbeit wiederkomme.«

»Na, dann is gut. Bis nachher.«

Ich nehme den ersten Schluck.

Igitt, schmeckt das widerlich, das Zeug. Schmeckt ja wie tote Oma, diese Plörre. Na ja, ist ja nur zum Wachwerden. Mir droht, speiübel zu werden. Ich muss mich überwinden, den Dreck weiter zu trinken. Ich muss ihn trinken, ich will ja wach werden. Also zwinge ich mich.

Einen Schluck für Mama – halt nein, das kann ich ihr nicht antun, nein, nein. Nicht diesen Kaffee. Also noch mal: ein Schluck für Putin, ein Schluck für Clinton, und den Rest des Abwassers schütte ich mir für Bill Gates in den Kopf, der ist schließlich an allem schuld.

Inzwischen bin ich am S-Bahnhof angelangt. Muss eine Fahrkarte kaufen. Die Verkäuferin sagt zu mir:

»Mensch, junger Mann, Sie haben ja 'nen platt geklatschten Schmetterling auf der Stirn.«

»Was, echt? So was Blödes, ich schlafe immer noch!«

»Nee, nee war nur 'n Scherz von mir«, beruhigt sie mich.

»Puh, und ich dacht schon.« Erleichtert kaufe ich eine Porzellanfahrkarte, weil die nur 99 Pfennige statt 3,90 Mark wie die Pappfahrkarte kostet, fahre damit zwei Stunden S-Bahn, bis ich zufällig in eine Fensterscheibe schaue, worin sich mein Gesicht spiegelt, und ich feststellen muss, dass ich doch 'nen platt geklatschten Schmetterling auf der Stirn kleben habe.

Verdammt! Ich hätte es eigentlich schon bei der Porzellanfahrkarte merken müssen. Die Frau am Schalter hat mich belogen. Habe doch 'nen Schmetterling auf der Stirn. Ich träume also immer noch. Jetzt hab ich wohl echt mal wieder ultradoll verschlafen. Gute Nacht!

## Ein Zettel im Torweg

Jemand hat in den Torweg einen Zettel geklebt, wo draufsteht: »Hier auf dem Hof ist mein Fahrrad geklaut worden. Das Teil ist total wertlos, aber ich liebe es wahnsinnig und möchte es gerne wieder haben. Bitte, lieber Dieb! Stell es zurück!«

Na, ob das was bringt, denke ich so bei mir, an das Gute im Bösen zu appellieren? Wer weiß, ob der Räuber hier überhaupt noch mal vorbeikommt, ob er das dann liest, ob er sich überhaupt erinnern kann, dass er das Fahrrad gestohlen hat. Vielleicht war er ja sturzbetrunken. Und mal angenommen, rein hypothetisch, ganz in der Theorie und absolut unwahrscheinlich, der Bösewicht würde es tatsächlich zurückstellen wollen, wüsste er denn noch, wohin? Ist der Parkplatz nicht längst von einem anderen Fahrrad belegt? Und wenn nicht, hätte er nicht Schiss, beim Wiederhinstellen erwischt und verkloppt zu werden?

Mir ist auch mal ein Fahrrad geklaut worden. Damit wurde der langwierige Ventilkrieg beendet, den ich damals mit meinem Nachbarn geführt hatte. Wir hatten unsere Fahrräder immer unten im Hausflur angeschlossen. Eines Tages ging das Ventil bei mir am Hinterrad kaputt. Da ich aber dringend weg musste, hab ich mir vom Fahrrad daneben das Ventil – ich will mal sagen – anonym geborgt.

Am folgenden Tag hat sich mein Mithausbewohner, den ich übrigens nie zu Gesicht bekommen habe, als riesengroßes Arschloch entpuppt. Man muss das nämlich mal so sehen: Er konnte überhaupt nicht wissen, dass ich sein Ventil benutzt hatte, er musste eigentlich davon ausgehen, dass irgendein gemeiner Idiot ihm das Teil rausgeschraubt und geklaut hatte. Und anstatt in den Laden zu gehen und sich ein neues zu kaufen oder einen Zettel in den Hausflur zu hängen, wo draufsteht: »Mir ist ein Ventil geklaut worden. Total wertlos, aber ich liebe es. Bitte, schraub es wieder rein«, hat er sich meines genommen, also ursprünglich seines, was er aber, wie gesagt, nicht wissen konnte. Ja, wie konnte einer so offensichtlich bei anderen was klauen? Der musste doch ein richtiges Arschloch sein, oder?

Na ja. Vielleicht hatte er nicht gewusst, dass ich meinerseits wusste, dass bei ihm das Ventil gefehlt hatte, sodass er dachte, wenn er mein Ventil nimmt, müsste ich wiederum denken, irgendein gemeiner Idiot hätte mein Ventil geklaut, und ich würde in den Laden gehen und ein neues kaufen oder einen Zettel schreiben, worauf ich um Rückgabe bäte.

Aber nichts! Da hatte er sich ordentlich geschnitten. Jetzt erst recht, dachte ich und schraubte das Diebesgut wieder zurück. So haben wir das etwa drei Wochen lang gemacht. Den einen Tag benutze ich das Ventil, den anderen er. Ventilsharing nennt man so was. Das ist so ähnlich wie Autosharing, wo mehrere Leute in der Stadt ein einziges Auto abwechselnd benutzen.

Ich habe sogar mal eine kommunistische Idee dazu gehabt:

Man enteignet alle Autobesitzer, erklärt sämtliche Fahrzeuge zu Volkseigentum und lässt sie da, wo sie gerade sind, mit steckendem Zündschlüssel auf der Straße stehen. Jeder, der jetzt mal irgendwohin fahren will, steigt einfach ins nächstbeste Auto, fährt hin, wo er hinfahren will, und lässt es dort wieder stehen.

Eine kleine Art von Kommunismus wäre das, mit einer Reihe von Vorzügen: Man müsste sich nicht mehr merken, wo man sein Auto geparkt hat. Das kennt jeder, der mal im Suff sein Fahrzeug nach langer Parkplatzsuche in irgendeiner Seitenstraße abgestellt hatte und sich am nächsten Morgen an nichts mehr erinnern konnte. Weiterhin gäbe es weniger Autos. Vielleicht würden sogar alle verschwinden, weil es Orte gibt, wo alle mit dem Auto hinfahren wollen, zurück aber immer den Bus benutzen. Da würden sich die Kraftwagen dann dort ansammeln und stapeln und nicht mehr überall im Weg rumstehen.

Aber, egal, weg mit diesen unrealistischen Visionen.

Der Ventilkrieg wurde damals beendet, weil mein Fahrrad geklaut wurde. Und zwar von meinem Nachbarn, der es wahrscheinlich nur geklaut und weggeschmissen hatte, damit ich sein Ventil nicht mehr benutzen konnte. Anstatt sich endlich mal ein eigenes zu kaufen. Nein! Stattdessen hat dieser Arsch mein Fahrrad gestohlen. Dass er es war, war klar, denn zuvor hatte er, wie deutlich zu sehen war, das Ventil bei sich wieder reingeschraubt.

Da habe ich ein letztes Mal bei ihm das Ventil rausgemacht und in meine Hosentasche gesteckt. Und siehe da! Na bitte, es ging ja doch! Drei Tage später hatte er sein Fahrrad wieder repariert. Hatte sich ein nigelnagelneues Ventil reingemacht.

Da hab ich dann sein Fahrrad aber auch geklaut und weggeschmissen.

Keiner von uns hatte damals einen Zettel geschrieben: »Mein Fahrrad ist weg, ich liebe es, bitte zurückstellen.« War ja auch zwecklos. Ich hätte es nicht tun können und mein Nachbar auch nicht. Die Dinger waren bereits entsorgt.

Als ich drei Tage später wieder durch den Torweg laufe, wo der Zettel hängt: »Hier auf dem Hof ist mein Fahrrad geklaut worden. Das Teil ist total wertlos, aber ich liebe es wahnsinnig und möchte es gerne wieder haben. Bitte, lieber Dieb! Stell es zurück!«, sehe ich, dass jemand was dazugeschrieben hat: »Stimmt gar nicht! Ist gar nicht wertlos. Habe das Fahrrad gestern für 50 Mark verkauft. Grüße, der Dieb.«

Tja. Lügen haben eben kurze Beine. Hab ich mir doch gleich gedacht, dass er den Dieb nur foppen wollte, als er schrieb, sein Fahrrad sei wertlos. Das klappt eben nie, an das Dumme im Klugen zu appellieren.

Hat ja auch keinen Zweck zu schreiben: »Meine Freundin ist weg. Sie ist zwar total wertlos, aber ich liebe sie wahnsinnig…«

Ach, Quatsch. Was ich sagen wollte: Schließt eure Fahrräder und alles, was ihr sonst noch so habt, ordentlich an, damit nichts weg kommt, oder seid offen und lasst alle Schlösser weg und teilt miteinander die Autos, die Fahrräder, die Ventile, die Ehepartner, das Essen, die Zigaretten und was weiß ich was sonst noch alles.

## Maikäfer

Der Frühling ist ins Land geschneit und grunt die Fluren ein. Längst hat sich der Winter verpisst, und aus der Starre des Kalten sind Leben und Liebe getaut. Auch der Sonne behagt es, dem bunten und keimenden Treiben zuzuschauen. Sie will gar nicht mehr so früh untergehen.

Ein Maikäfer schwirrt durchs Oberlicht und lässt sich nieder auf dem Drucker meines Computers. Er klopft den Dreck aus seinen Flügeln und macht Lockerungsübungen.

Wie gut es ihm doch gehen muss!

Ja! Manchmal wünsche ich mir, ein Maikäfer zu sein. Ich könnte fliegen und mein ganzes Leben lang wäre Frühling. Zeit meines Daseins könnt ich mich auf den Sommer freuen, kennte keinen Winter und Depressionen dazu, wüsste auch nicht vom Herbst zu lamentieren. Hoch droben in den Lüften tät ich zum Begattungsfluge kreisen, setzte mich in Baumwipfeln ab und spiese von süßen Knospen und Blättern. Mir böte sich ein schlaraffisch, paradiesisch Leben, für das bei uns drei kleine f geschrieben stehen: fliegen, ficken, fressen.

O Maikäfer, der du auf meinem Drucker sitzt, wie wohl scheint es dir doch zu ergehen, und wie hart und schwer muss es für dich gewesen sein, bevor du deinen Leib zu den Wolken hobst. Als Engerling warst du geboren, als hässlicher

Wurm im Dreck. Vier Jahre lebtest du unter der Erde und nährtest dich von muffigen Wurzeln und Kot. Der wahre Sinn deines Daseins blieb dir verschlossen. Deine schwachsichtigen Augen vermochten nicht in die andere Welt zu blicken, wohin du, nach deinem Ableben, aus der Verpuppung auferstanden, mit Flügeln wie ein Engel zum ewigen Lenze kehren solltest.

Bin ich denn selbst nicht auch ein kleines Würmchen, das mit trübem Blick nicht übers Jenseits hinwegzuschauen vermag? Erfahren werde ich es nicht. Allein, glauben könnte ich daran.

Und würde der Engerling auch an solches glauben – was für ein übernatürliches Überwesen müsste er sich in mir dann erst denken, wenn er erführe, dass ich im Stande bin, seinen Himmel zur Hölle zu machen.

Mit einem einzigen Befehl: »Datei Drucken!«

Das weiße Blatt, die Raststätte des Maikäfers, zieht sich langsam in den Drucker ein. Dicke Gummiwalzen drehen es voran. Schon ist ein Flügel erfasst, schon ein Bein gemangelt, er zappelt, er wackelt, ein letzter Fluchtversuch, es ist zu spät, und, *knirsch*, ist der ganze Körper zum Kadaver geworden. Platt gebügelt aufs Papier erscheint das Insekt auf dem Ausdruck und erhebt sich so zu neuem Leben, einem Leben, das länger währt als ein Lenz.

Denn nur zu Papier Gebrachtes ist geduldig und bleibend und kann zu vielen Generationen später noch sprechen.

[illegible]

[illegible]

[illegible]

[illegible]

[illegible]

[illegible]